옴두르만의 여인들

김창수 소설집

도서출판
청어

옴두르만의 여인들

김창수 지음

발행처 도서출판 **청어**
발행인 이영철
영업 이동호
홍보 천성래
기획 남기환
편집 방세화
디자인 이수빈 | 김영은
제작이사 공병한
인쇄 두리터

등록 1999년 5월 3일
(제321-3210000251001999000063호)

1판 1쇄 발행 2023년 10월 10일

주소 서울특별시 서초구 남부순환로 364길 8-15 동일빌딩 2층
대표전화 02-586-0477
팩시밀리 0303-0942-0478
홈페이지 www.chungeobook.com
E-mail ppi20@hanmail.net

ISBN 979-11-6855-176-3(03810)

용인특례시 용인문화재단

이 책은 용인특례시, 용인문화재단의 2023년도 문화예술공모지원사업을 지원받아 발간·제작되었습니다.

옴두르만의 여인들

김창수 소설집

작가의 말

어릴 적부터 황순원 선생님의 순수하고 감동적인 이야기 「소나기」 같은 글을 쓰고 싶었다. 가끔 한적한 오솔길을 따라 걷다 이름 모르는 꽃을 발견하고, 한동안 서 있었던 기억이 난다. 흩어졌던 단어들을 쌓인 흔적에 하나씩 담아보고 싶었지만, 지난 40여 년 동안 학업과 바쁜 직장생활로 가슴에 묻고 살아왔다. 그동안 접어놓은 꿈을 펼치기 위해서 고독하게 나 자신과 싸워야만 했던 수많은 시간이 떠오른다.

회사생활을 하면서 많은 나라를 방문할 때마다 이국적(異國的)인 소설을 쓰고 싶다고 생각했다. 그것은 내 뇌리에 꽉 차여서 항상 잠재(潛在)되어있던 꿈이었고, 언젠가는 이루어지리라 생각하면서 살아왔다. 그렇게 느껴왔던 감정들이 추억으로 되살아나면서, 잊어버린 기억을 하나씩 글에 담았다. 이제 그 노력의 결과물이 차곡차곡 쌓여서 한 권의 책으로 세상에 나오게 되었다.

소설집에 실린 10편 중 5편은 해외 배경으로, 나머지 5편은 국내 배경으로 구성했다. 해외 배경의 소설은 현지 국가에 주재하면서 인식했던 종교, 여성 인권, 전쟁 등 다양한 사회문제를 다루고자 했다. 한국 배경의 소설은 과거의 잊히지 않는 경험들, 현재의 닥치는 상황들 그리고 미래의 불확실성을 오버랩시키면서 주인공들의 내면을 통해 그려나갔다.

작품의 콘셉트는 개인의 삶을 통해 바라보는 인간 내면세계의 희로애락(喜怒哀樂)을 고찰(考察)하려고 했고, 인간의 기억을 기반으로 일어날 수 있는 인간의 행동에 대한 반응과 그것을 인식할 수 있는 내용을 구현하려고 했다. 해외 배경 소설은 다양한 언어, 문화, 인종, 종교 등의 동질성(同質性) 이해를, 국내 배경 소설은 지나간 삶에 대한 자기 성찰(省察)과 반성에 중점을 두었다.

작품을 읽기 전에 작가의 말 한마디가, 책을 읽기 전 가졌던 독자의 기대가 편견으로 바뀌면 어떡하지 불안하기도 하고, 얼마나 도움이 될지 걱정스럽기도 하다. 욕심스러운 마음이 독자에게 좀 더 글의 내용이 다가오지 않을까 조심스럽게 생각하게 만든다. 게재한 10개의 작품에 대한 간단한 소개가 작가의 의도와 글의 내용을 이해하는 데 도움이 되길 바라며, 질책과 비난은 작가의 몫으로 겸허하게 받아들이고 싶다.

옴두르만의 여인들

3명의 부인을 거느린 남편과 부인들 간에 벌어지는 갈등을 통해 이슬람 여성 인권 문제의 실상(實狀)을 고발한 내용으로, 중동 국가에 근무한 경험과 UN 여성 인권 보고서 등을 참고하여서 한 마을을 무대로 설정하여 소설화한 작품.

모스타르의 하얀 십자가

유고 내전으로 큰 피해를 입은 보스니아의 참상(慘狀)을 종교가 다른 남녀의 비극을 통해 고발한 내용으로, 보스니아 전후 복구사업을 위한 출장으로 현지에서 봤던 전쟁 참상을 25년 만에 관련 자료들을 바탕으로 소설화한 작품.

카이로의 자스민 청년

중동의 자스민 혁명으로 발생한 정치, 종교적 문제를 이집트 청년의 죽음을 통해 실화(實話)를 바탕으로 한 내용으로, 이집트 주재 시 직접 목격한 상황을 자스민 혁명이 미친 이집트의 복잡한 내부 문제와 중동 국가의 영향을 소설화한 작품.

카잔의 추억

한국 기업의 러시아 진출에서 벌어지는 이국(異國) 남녀의 사랑과 이별 이야기를 애틋하게 그린 내용으로, 국내 기업들이 해외 진출해서 현지에서 벌어지는 많은 에피소드 중 주변에서 있었던 일화를 소설화한 작품.

다윗의 별

유대인에 대한 편견을 이스라엘 파트너와의 사업 과정을 통해 이해해가는 과정을 그린 내용으로, 현지 주재 시 경험했던 실화를 바탕으로 비즈니스를 하면서 '디아스포라'를 겪은 유대인들의 참모습을 보며 소설화한 작품.

하얀 집

고교에서 처음 만난 친구와 암담(暗澹)했던 70~80년대 격동의 세월을 거치며, 그의 짧은 생애에 이르는 과정을 은퇴 후 회상하는 내용으로, 고교 시절 가장 가까웠던 친구의 죽음을 실화를 바탕으로 소설화한 작품.

솔로 탈출기

노총각이 맡아서 기르게 된 반려견을 통해서 사랑하는 여인을 만나게 되는 과정을 코믹하게 그린 내용으로, 실제 반려견과 산책하면서 느꼈던 일을 노총각의 솔로 탈출과 연관 지어 재미있는 소재를 바탕으로 소설화한 작품.

빠빠빠

어머니와의 이별 과정을 주인공과 어머니와의 기억을 오버랩시키면서 마지막 이별 준비를 하는 모습을 그려나가는 내용으로, 어머니의 죽음 과정을 통해서 어머니와 주인공에 대한 자전적(自傳的) 상황을 소설화한 작품.

버스 안에서

출근길 버스에서 우연히 만난 첫사랑과의 과거를 회상하며 버스에서 내리지 못하는 주인공의 심리적 묘사를 그려나가는 내용으로, 애틋한 사랑을 가슴에 묻어두어야 하는 또 다른 아픔을 겪는 상황을 소설화한 작품.

넥타이
회사의 사직 권고를 받은 주인공이 은퇴의 상징인 넥타이를 풀면서 지나간 추억들을 되새기며, 마음 정리하는 과정을 그린 내용으로, 회사에서 은퇴한 허탈감을 자기 반성을 통해 털어버리려는 마음을 소설화한 작품.

힘들 때마다 용기를 주고 격려해 준 아내이자, 문학의 동반자인 소설가 강송화 님께 깊은 고마움을 전하며, 90 평생 아들을 믿어주고, 기도해 주셨던, 얼마 전 돌아가신 어머니께 이 책을 헌정(獻呈)하고자 한다. 청어출판사 이영철 대표님과 열심히 도와주신 직원들의 각고의 노력 덕분에 이 책이 세상에 나올 수 있었다. 출판을 위해서 진심으로 고언을 해주신 모든 분에게 감사드린다.

차례

| 異國의 이야기 |

옴두르만의 여인들

봄이면 나일강 서쪽에서 모래폭풍인 캄신이 불어왔다. 그 바람은 눈을 뜰 수 없을 정도로 강해서 앞을 분간하기 힘들었다. 캄신은 이곳 여인들 마음 깊은 곳에 숨어서 웅크리고 있다가, 매년 봄이면 어김없이 새로 불어 닥친 모래바람과 뒤엉켰다. 이곳 사람들은 참을 수 없는 고통을 견디며, 내색하지 않는 여인의 마음을 한 치도 볼 수 없게 만드는 캄신에 비유했다.

바람 소리가 심해질수록 이곳 여인들은 뭔가에 홀린 듯했고, 그 소리를 따라 밖으로 뛰쳐나가고 싶은 충동을 느꼈다. 그것은 억압된 영혼에서의 탈출이었고, 여인으로서 할 수 있는 최후의 저항이었다. 그녀가 이 저주의 방에서 뛰쳐나간 것은 알라를 만나기 위해서였다.

청나일강과 백나일강이 합류하는 지역에 옴두르만이라는 작은 도시가 있다. 카르툼에서 백나일강의 철교를 건너면 바로 나타났다. 두 개의 강이 만나 도시를 감싸며 흐르고 있어 평온해 보였지만, 100여 년 전에는 이집트와 영국 연합군과 큰 전투가 벌어졌던 곳이다. 그 당시 전쟁의 흔적은 강을 따라 볼 수 있다. 오래된 포진지들이 나일강을 향해 배치되었고, 그 주변에는 군데군데 포탄 자국이 아직도 선명하게 보였다. 마을 사람들은 전투에서 죽은 수많은 영혼이 아직도 나일강의 주변을 떠돌고 있다고 믿었다.

포진지가 끝나면서 두 개의 강이 만나는 지점에 작은 마을이 있었다. 이곳은 옴두르만의 중심에서 가까워, 많은 상점이 대로를 따라 양옆으로 다닥다닥 붙어있었다. 먼지를 내며 달리는 픽업 뒤에는 위험하게 걸터앉아 곡예 하듯 서로를 의지하고 있는 사람들의 모습이 보였다. 상점들 옆으로는 머리에 히잡을 쓴 여인들이 어린애들을 가슴에 안은 채 좌판을 벌여 놓고, 지나가는 사람들을 부르고 있었다.

자밀라는 결혼하면서 남편이 마흐르(결혼 청약금)를 많이 준 이유로 생활비를 넉넉하게 주지 않아 근근이 살아갔다. 처음에는 부족하지 않았으나, 점점 애들이 많아지자 생활비가 빠듯해졌다. 남편에게 여러 번 생활비를 더 달라고 요구했으나, 그때마다 그는 마흐르 이야기만 했다. 자밀라가 남편이 주는 얼마 되지도 않는 생활비 부족으로 시작한 것이 과일 장사였다.

자밀라는 한 상점 옆에서 좌판을 깔고, 그날그날 새벽에 과일 시장에서 받아 온 물건들을 팔았다. 그녀는 다섯 살 된 막내딸을 집에 혼자 놔둘 수 없어 데리고 다녔다. 악몽 같았던 그녀의 과거 기억이 가끔 떠올라, 막내딸을 보며 한숨을 내쉬었다. 어린 딸은 그런 어머니의 마음도 모른 채, 아이들과 땅바닥에 그림을 그리며 놀이에 빠져있었다. 일상 같은 시간이지만, 자밀라에게는 또 다른 고통으로 다가왔다.

자밀라가 상점 앞에서 좌판을 열 수 있었던 것은 주인이 남편 친구여서 편의를 봐줬기 때문이다. 남편이 친구를 소개해 주던 날, 상점 주인은 그녀를 친절하게 대했지만, 날이 가면서 태도가 조금씩 변해갔다. 가끔 남편이 그곳에 들릴 때면, 상점 주인은 남편의 면전에서는 그녀에게 호의적인 척했다. 그녀는 상점 주인에게 당하고 있는 수모를 남편에게 말할 수 없었다. 이슬람 여인들에게는 남자 이야기하는 것이 금기 사항이었다.

자밀라가 상점 안에 있는 화장실을 사용할 때, 상점 주인은 처음에 전혀 문제 삼지 않았다. 그녀는 그런 그에게 나름 예의를 표했다. 어느 날, 그가 갑자기 화장실을 이용할 때는 허락을 받으라고 했다. 그의 얼굴은 점점 표독스러워졌고, 그녀에게 뭔가를 강요라도 할 것 같았다. 다른 상점의 화장실을 이용할 수도 있었지만, 그가 남편에게 무슨 소리를 할지 몰랐기 때문에 어찌할 수 없었다.

그는 언젠가부터 노골적으로 화장실의 문을 열어 놓고 일을 보라고 했다. 처음에는 말도 안 되는 요구에 그녀는 당황스러웠다. 그에게 여러 번 사정도 했고, 남편 이야기를 했지만, 막무가내로 들은 척도 하지 않았다. 그의 끈질기고 비정상적인 집착은 그녀의 생리적 인내의 한계를 무너뜨렸다. 결국, 그녀는 자존심을 버린 채 그에게 굴복했다.

상점 안쪽 구석 끝에 있는 화장실은 밖에서 보이지 않았지만, 상점 주인이 앉아 있는 곳에서는 그녀의 앉은 모습이 그대로 보였다.

그는 이상한 눈빛으로 흘깃흘깃 그녀의 모습을 쳐다보며 즐겼다. 그녀는 가끔 그의 갈라비아(남자의 하얀 전통의상) 밖으로 막 터져 나오려는 욕망을 볼 수밖에 없었다. 그럴 때마다 그녀는 긴장과 수치심으로 화장실에서 머무는 시간은 더 길어졌다. 그는 점점 과감해졌고, 그녀는 변태적인 그의 그런 행동에 익숙해졌다.

나일강이 붉게 물들어 가면서 뜨거운 바람도 서서히 어둠 속으로 사라졌다. 그녀는 팔다 남은 과일 일부를 상점 주인에게 고맙다는 인사로 주었다. 상점 주인은 그녀에게 동정의 미소를 보냈지만, 그녀는 그 미소가 가식이라는 것을 알고 있다. 남은 과일은 집으로 가져가 배고픔에 지쳐 기다리는 아이들에게 주었다.

자밀라에게는 아들 셋과 딸 셋이 있고, 남편의 둘째 아내이다. 이십 년 이상 나이 차가 있는 남편에게 열다섯 살에 시집왔다. 갓 서른에 많은 아이를 낳아, 결혼한 지 십오 년에 늘어난 것은 가족 숫자뿐이다. 아버지를 닮아서 튼튼하게 자라는 아들들은 문제가 없지만, 딸들이 커가면서 이슬람의 여성으로 살아가는 것이 쉽지 않다는 것을 그녀는 잘 알고 있다.

자밀라가 시집왔을 때, 남편은 지극정성으로 대해주었다. 어린 나이도 있었지만, 첫째 아내에게는 이미 다섯 명의 아이가 있었고, 남편은 첫째에게 시들해져 있었다. 자밀라보다 열 살 위인 첫째는 항상 거만했고, 시기심도 많았다. 첫째의 은밀한 방해로 남편과의 예정된 잠자리는 무시되기 일쑤였다. 이슬람 율법에는 '남편은 모든 아내를 평등하게 사랑하고, 대우할 의무를 진다.'라고 되어 있지만, 제대로 지켜지지 않았다.

남편의 편애는 가족의 문제이고, 아이들에게도 비록 이복형제, 자매이지만, 같은 아버지 밑에서 대우를 받지 못한다는 것은 불공평하다고 생각했다. 이슬람 문화에서 남편은 아내들과 그 가족들을 동등하게 대해줘야 했지만, 그것은 허울뿐이었다. 실제로 남편의 책임보다는 권한이 더 강해서 그런 일로 따질 수가 없었다. 가족에 대한 불화가 밖으로 퍼져나가면, 남편에게 '이혼'이라는 꼬투리만 잡혀서 이슬람 여성들은 속앓이만 할 수밖에 없었다.

자밀라는 자식을 낳고 기르면서 남편에게 등한시하게 되었고, 남편 또한 관심이 식어가기 시작했다. 남편은 첫째가 애들 뒷바라지다 하고, 점점 무르익은 자태로 변하자 다시 가까워졌다. 첫째는 그런 남편을 위해서 친정에서 정성스럽게 만든 음식과 고급스러운 옷들을 해왔다. 자밀라의 친정과는 비교가 되지 않았다. 첫째의 거만함은 더욱 심해져 갔다.

자밀라는 어린 나이에 이슬람 율법에 따라 남편에게 일부종사(一夫從事)해야 한다고만 알았지, 그녀에게도 닥칠 수 있는 남편의 권한을 그때는 몰랐다. 남편이 첫째 가족에 쏟는 관심이 과하다 싶을 때도 말 한마디 못 했다. 첫째가 남편의 사촌이기도 했지만, 신랑이 신부에게 주는 마흐르를 자밀라보다 적게 받았기 때문이다.

남편은 첫째 가족에 대한 편애가 날이 갈수록 심해졌다. 자밀라는 더는 참을 수 없어 남편에게 서운한 감정을 따지기로 했다. 하루 다섯 번 하는 기도 중에 네 번째 기도를 마치고 방으로 들어온 남편에게 그녀는 화난 표정을 지으며 다가갔다.

“당신이 그동안 우리 가족에게 보였던 태도에 한마디 해야겠어요.”

그녀가 마음을 진정시키며 말했지만, 가슴이 떨렸다.

“무슨 일인데…….”

남편의 얼굴은 무덤덤했고, 그녀의 말을 무시하는 듯했다.

“첫째 가족을 너무 편애하는 것 아닌가요?”

그녀는 잠자리의 차례가 계속 지켜지지 않은 불만도 염두에 두면서 말했다.

“내가 뭘 편애를 했다고 그래! 항상 같은 식구로 대하고 있는데, 쓸데없는 소리 그만해!”

짜증 섞인 남편의 목소리가 방문 밖으로 흘러나갔다.

“자꾸 그러면 당신하고 같이 살 수 없어!”

자밀라는 남편의 큰 소리에 깜짝 놀랐다. 남편 입에서 나온 말은 더는 언급하지 말라는 경고였다. 오랫동안 같이 살면서 남편에게 이렇게 큰 소리를 들은 적이 없었다. 그녀는 속으로 꾹 참으며, 남편이 하는 말에 이의를 달지 못했다. 남편의 입에서 ‘이혼’이라는 말을 듣지 않기 위해서였다. 이슬람법에 남편이 세 번 ‘이혼’이라는 말을 하면 자동 이혼이 된다는 것을 그녀는 알고 있었다. 여태껏 남편과 살아오면서 얼마나 참았는데, 지금에 와서 그런 소리를 듣고 싶지 않았다. 그녀의 머릿속에 아이들의 얼굴이 하나씩 떠올랐다. ‘그래, 내

가 참아야지.'

남편이 셋째 아내를 맞이하던 날, 캄신은 자밀라가 웅크리고 앉아서 겨우 숨만 쉬고 있는 방의 창문을 세차게 두드리고 있었다. 바람 소리가 커질수록 그녀의 숨소리가 점점 거칠어져 가고 있었다. 그 소리는 참을 수 없는 애절한 절규처럼 들렸다.

셋째는 남편 형의 아내였던 자밀라의 큰형님이었다. 그녀의 시숙(媤叔)이 오랫동안 앓던 병으로 죽자, 남편의 형수였던 그녀를 셋째로 맞이했다. 가족회의에서 둘째인 남편이 형님의 가족들을 맡기로 했기 때문이었다. 셋째가 데려온 다섯 명의 아이들은 조카들이라 큰 문제가 없었으나, 자밀라에게 그녀는 이제 큰형님에서 아래 동생이 되었다. 이슬람에서는 남편과의 결혼 순서에 따라 과거 신분과 관계없이 서열이 정해졌다.

자밀라가 어린 나이에 시집와서 힘들어할 때마다 그녀는 언니처럼 다정하게 대해주었다. 그녀는 여러 명의 아내를 데리고 사는 남편에게 어떻게 처신해야 한다는 것을 가르쳐 주었다. 절대 다른 아내들을 시기하지 말고, 남편에게 일부종사하라고 했다. 남편과의 잠자리도 동등하게 돌아가면서 하게 되어 있지만, 다른 아내들이 문제를 일으키더라도 참으라고 했다. 그녀에게 많은 것을 배웠던 자밀라가 이제는 그녀의 형님이 되는 아이러니한 상황이 벌어진 것이다. 자밀라는 그런 처지에 있는 그녀에게 더욱 잘해줘야 한다고 생각을 했다.

큰집 형님이었던 셋째는 첫째가 어떤 여자인지 잘 알고 있다. 자밀라는 셋째가 들어온 이후에 첫째와 생길 수 있는 상황을 예견했다. 첫째가 셋째를 과거의 큰형님으로 대해줄 수 있을지 의문이 들었다. 첫째가 남편을 독차지하려고 할 것이고, 셋째는 그동안 봐왔던 첫째에 대한 행동을 단순하게 눈감아줄 수 있을지 걱정이 되었다. 남편과의 잠자리는 그녀들의 가족 문제이기도 했다.

얼마 지나지 않아 예상했던 일이 일어났다. 첫째가 남편을 독차지하려는 의도로 그들만의 가족 여행을 추진했다. 셋째가 들어오면서 보이지 않던 첫째의 행동이 조금씩 드러나기 시작했다. 첫째는 돈 많은 그녀의 부모를 앞세워서 남편과 그녀 아이들만 데리고 사우디의 메카로 성지순례를 가기로 했다. 남편이 통상 모든 가족을 데리고 가야 했지만, 첫째의 부모를 끼워 넣어 그럴 수도 없었다. 첫째는 고리타분한 관습으로 동네 사람들에게 힐난(詰難)을 받더라도 상관 안 했다.

자밀라와 셋째는 남편의 결정에 아무 말도 하지 못했다. 자밀라는 그동안 첫째에게 겪어 온 경험으로 더 신경 쓰고 싶지 않았고, 셋째는 과거의 시동생에 대해서 이렇다 저렇다 말할 처지가 아니었다. 그런 두 동서는 첫째의 횡포에 관심조차 가질 수 없는 상황이었다. 그녀들에게는 당장 아이들의 문제가 더 중요했다.

자밀라는 셋째가 힘들 때마다 낭송하는 꾸란을 옆에서 눈을 감은 채 듣고 있었다.

사람들이여!
알라가 너희를 창조하사 남성과 여성을 두었으되,
서로를 알도록 하였노라.
알라 앞에서 가장 크게 영광을 받을 자는
가장 외로운 자로 알라는 모든 것을 아시며,
관찰하시는 분이시라.

자밀라의 눈에 눈물이 고였다. 그 눈물은 자신의 처지뿐 아니라, 셋째의 고통이 얼마나 큰지를 알기 때문이었다. 그녀들은 힘들었지만, 꾸란을 통해서 서로 위로하며 마음의 평정을 찾아갔다.

밤새 잠을 설친 자밀라가 눈을 떴다. 갑자기 배 아랫부분이 경련을 일으키며 아파지기 시작했다. 밖은 아직 어두운데, 창틈으로 캄신이 불어오는 소리가 들렸다. 무엇인가에 홀린 듯 잠자리에 벌떡 일어났다. '할례' 하던 날의 악몽을 꾸었기 때문이다. 그녀가 가끔 겪는 고통이었다.

그날은 자밀라가 겨우 열 살로 여성의 눈을 뜨기도 전이었다. 아침부터 그녀의 어머니는 끓인 물로 자밀라의 몸을 깨끗하게 씻겼다. 그녀의 아랫도리 깊숙한 곳까지 정성스럽게 닦아내고, 팬티 없이 하얀 도포만을 입혔다.

"여성의 몸은 청결하고, 순결하며, 정숙해야 해."

어머니는 자밀라에게 이슬람 여성으로 처신해야 할 자세를 이야기했지만, 무슨 소리인지 귀에 들리지 않았다. 할례 의식에 대해서 얼핏 알기만 했지, 어떻게 하는지는 몰랐다. 그녀는 앞으로 일어날 일에 대해서 두려움으로 떨고 있었다.

"너도 몇 년 후에 결혼해야 하는데, 네 몸을 청결하게 해야 한다."

그녀는 어머니의 말보다는 긴 고통이 시작될 거라는 생각이 앞섰다.

이슬람에서 '할례'는 완전한 여성이 되는 관문으로 인식되었고, 젊은 소녀의 처녀성을 유지하고, 아내로서의 정절을 지켜준다고 믿었다. 할례 시술을 받지 않은 여성들은 그들 자신의 성욕을 억제하는 신뢰성이 없어 정숙하지 못하다고 생각했다.

그녀가 어머니의 손을 잡고 간 곳은 마을에서 조금 떨어진 움막 같은 곳이었다. 그 집에 다다르자, 그녀는 눈을 붕대 같은 천으로 가린 채 어머니의 손에 이끌려 들어갔다. 그곳에는 마을의 조산원이 젊은 여자와 함께 새파란 면도날과 피를 닦아낼 헝겊을 정돈하고 있었다. 할례 의식이 벌어질 마당에는 동네 여인들과 자밀라의 이모들도 이미 와있었다. 자밀라가 회복을 위해 며칠을 보낼 방 안에는 매트리스가 깔려 있었고, 그 옆에는 상처를 치료할 빨간색의 과일과 채소로 만든 반죽도 준비되었다.

젊은 여자가 방 안에 있던 매트리스 한 장을 마당으로 들고나왔다. 그 순간, 멀리서부터 시끄러운 북소리와 냄비 두들기는 소리, 요란한 박수 소리 그리고 여성들의 날카로운 고함이 점점 가까이 들려왔다. 그들의 행렬이 다가오자, 그녀의 어머니는 떨면서 꽉 잡고 있던 자밀라의 손을 낚아채면서 반강제로 매트리스에 눕혔다. 그녀는 어머니의 손을 다시 꽉 잡고, 눈이 가려진 채로 시끄럽게 들려오는 소리로 불안과 공포에 온몸을 떨고 있었다.

젊은 여자가 그녀의 하얀 도포를 벗기자, 까무잡잡한 알몸이 드러났다. 조산원이 면도날을 잡아서 익숙한 솜씨로 자밀라의 몸에 갖다 대었다. 그녀의 처절한 비명은 시끄러운 주변 소리에 금방 묻혔다. 엄청난 고통으로 침을 뱉고, 옆에 있는 사람들을 물고, 몸부림치면서 저항했으나, 네 명의 보조자들에 의해서 사지를 움직일 수 없었다. 어머니는 살려달라는 자밀라의 울부짖는 소리를 들으면서도 두 팔로 다리를 꽉 잡고 있었다.

그녀가 정신을 차렸을 때는 저녁노을이 나일강을 붉게 적시고 있었다. 축 늘어진 자밀라 옆에 있던 어머니 얼굴에는 딸이 무사히 의식을 마쳤다는 안도감이 보였다. 청결하고 순결해진 딸이 이슬람 여성으로서 떳떳하게 살아가게 되었다는 뿌듯함도 느꼈을 것이다. 자밀라는 어머니가 잡고 있던 손을 놓았다. 그녀의 말랐던 눈물 자국이 다시 젖어가고 있었다.

자밀라가 악몽을 꾼 것은 그녀의 딸들에게 닥쳐오고 있는 그날의 두려움 때문이었다. 그녀는 어떤 일이 있더라도 절대로 이 짓은 딸들에게는 다시 시키지 않으리라고 다짐했다. 그녀가 마을 사람들에게 그런 말을 했다면 살아남지 못했다. 그저 마음속으로만 딸을 낳은 걸 후회했다. 그녀는 어린 소녀들에게 그토록 무참한 고통을 가하는 짓이 얼마나 잘못된 일임을 알고 있었고, 마을에서 멀리 도망쳐서 이슬람 관습이 존재하지 않는 곳으로 가야 한다고 생각했다. 어떻게든 딸들이 겪어야 할 상황을 피하고 싶었다.

자밀라가 상점 주인의 비정상적인 행동에 불만을 보이기 시작하자, 그는 노골적으로 그녀를 괴롭히기 시작했다. 좌판이 상점을 가려서 잘 보이지 않는다는 이유로 그늘에서 벗어나도록 했다. 좌판에 앉아 있는 것도 힘들었지만, 기온이 40도를 넘는 한낮의 뜨거운 햇빛 밑에서 몇 시간을 참는다는 것은 정말 견디기 어려웠다.

그가 의자에 앉아 있다가 자밀라에게 시원한 음료수를 가져다주었다. 그녀를 달래 보려는 상점 주인의 뻔한 짓을 싫어했지만, 그것을 받지 않을 수 없었다. 그가 남편에게 어떤 말을 할지 두려웠다. 이슬람에서는 여자의 말보다 남자의 말을 더 신뢰하였다. 그가 음료수를 건네주면서 그녀에게 말을 던졌다.

"이번에 남편이 셋째를 얻었으니 얼마간은 혼자 자야겠네. 흐흐흐……."

그의 비아냥거림에 내색을 하지는 않았지만, 사실이었다. 첫째의 시기와 질투로 남편과 잠자리를 거의 하지 못했다. 이제는 셋째와의 밀애로 당분간 남편은 내 곁으로 오지 않을 것이다. 더군다나 한 가정이 더 늘어나 생활비도 지금보다 줄어들 것이다.

가끔 친구 상점에 들르던 남편은 그와 무슨 일이 있었는지 오랫동안 모습을 드러내지 않았다. 그런 남편에게 왜 안 들르느냐고 물어볼 수도 없었다.

상점 주인은 자밀라에게 이상한 말을 했다.

"당신 남편이 이혼 이야기했다던데……."

"남편이 그런 이야기를 해요?"

그녀는 그의 말에 귀를 의심하면서 되물었다.

"남편이 그런 말을 내게 했겠어?"

그는 의미심장한 웃음을 띠며, 들으라는 듯이 다시 한마디를 던졌다. 그렇다면 그 이야기는 분명히 첫째의 입에서 나온 말이었다. 상점 주인하고 첫째는 친척 간이었기에 일부러 말을 흘렸을 수도 있었다. 첫째가 그녀를 보는 눈빛이 최근에 달라진 것을 느꼈다.

자밀라는 그날 밤, 첫째 집으로 찾아가 상점 주인이 한 말을 따져 물었다.

"그런 말 한 적 없네!"

첫째는 딱 잡아뗐으나, 상점 주인이 자밀라를 어떻게 대하고 있는지를 다 알고 있었다.

"남편에게 아무런 말 안 했다는 건가요?"

자밀라는 첫째가 그런 사실을 남편에게 고자질했으리라 확신하고 물었다.

"무슨 소리 하는 거야!"

첫째는 신경질적인 반응을 보이면서, 자밀라의 말을 끊어버렸다.

안 그래도 남편과의 관계가 소원해졌는데, 이런 말을 들으니 자밀라는 어찌할 바를 몰랐다. 남편에게 말했다가는 오히려 그런 수치스러운 사실이 드러날 것이고, 그냥 내버려 두자니 남편의 일방적인 오해를 풀 수가 없었다.

지난번 첫째 문제로 남편에게 이혼이라는 말을 들을 뻔했는데, 이번에 다시 이런 일로 남편에게 이야기한다면 상황은 더욱 악화할 것이 분명했다. 셋째와 밀애에 빠진 남편은 오히려 첫째를 두둔할 것이다. 셋째도 이런 문제에 대해서 신경을 써주질 않을 것이다. 자밀라는 첫째 집을 나오면서 하늘에서 반짝이고 있는 수많은 별을 멀뚱히 바라보았다.

자밀라는 남편과의 관계가 멀어지고, 잠자리한 지 오래되면서 알 수 없는 불안감이 엄습해왔다. 아직도 삼십 대의 창창한 나이에 오랫동안 밤마다 홀로 지새운다는 것은 참기 힘든 고통이었다. 애들이 엄마 속도 모르고 아버지가 보고 싶다고 할 때마다 가슴이 찢어졌다. 이제는 그녀를 보는 마을 여자들의 눈초리도 무서웠다. 그녀가 지나갈 때마다 수군거리는 소리도 들렸다. 남편에게 버림받은 여자라는 낙인이 찍혀가고 있었다.

그녀는 밤에 잠자리에 누워서 눈을 감고 손으로 아래에 있는 과거의 흔적을 더듬었다. 날카로운 칼날이 스쳐 지나간 그곳을 만지면서 남편을 생각했다. 꿰맸던 자리를 하나씩 짚어보면서 첫날밤을 생각했다. 지금은 자유스럽게 숨 쉴 수 있는 그 공간이 왜 이리 휑하게 느껴지는지 알 수가 없다. 머리가 아파졌다. 기나긴 밤을 또 두통으로 밤을 지새워야 하나.

자밀라의 몸이 조금씩 변해가던 어느 날, 초경을 하면서 어머니는 딸의 결혼을 서둘렀다. 마을의 중매쟁이가 그 소식을 듣고, 옴두르만에 사는 남자에게 선이 들어왔다고 집으로 찾아왔다.

"그 남자에게는 이미 첫째 아내가 있는데, 둘째를 구하는 중이라고 하네요."

그 중매쟁이는 미리 알아두라는 듯 말을 하면서도 어머니 얼굴을 보더니, 혹시나 하는 마음에 한마디 더 붙였다.

"그의 첫째 아내보다 마흐르(결혼 청약금)를 더 줄 거라고 했대요."

어머니는 그 말에 혹해서인지 그를 한번 보자고 했다. 자밀라의 의사와 관계없이 결혼은 속전속결로 진행되었다. 어린 나이에 아무것도 모르고 부모가 결혼을 확정 짓자, 그녀는 막연한 두려움을 느꼈다. 그녀가 할 수 있는 것은 '할례' 때에도 그랬듯이 어머니가 시키는 대로 하는 것뿐이었다.

결혼 준비는 한 달 전부터 본격적으로 시작되었다. 마을에 같이 사는 이모들도 자밀라에게 이것저것 챙겨줬다. 그녀의 아버지는 여인들의 결혼 준비에 아무런 관여도 하지 못하고 마음만 바빴다. 어린 동생들은 갑자기 달라지는 자밀라의 모습이 신기할 뿐이었다. 마을에서는 자밀라의 마흐르가 얼마인지 입소문만 돌고 있었다.

결혼 며칠 전, 그녀의 어머니가 아침부터 작은방에 향을 피웠다. 화롯불에 꽂은 향이 방으로 퍼졌다. 자밀라는 실오라기 하나 걸치지 않은 채, 어두운 불빛 아래 누워있었다. 그녀의 어머니는 끈적거리는 액체를 온몸에 발랐다. 몇 시간이 흐르고, 그 액체가 굳어지자 몸에 묻어 있는 이물질과 함께 털을 하나씩 뜯어냈다. 그녀의 몸은 잔털 하나 없이 깨끗해졌다. 이슬람에서는 털을 뽑아냄으로써 몸에 붙은 잡귀를 없앤다고 믿었다.

어머니는 그녀가 받았던 할례의 흔적을 살폈다. 봉합되었던 곳이 풀어지지 않았는지 걱정이 되었다. 자그마한 구멍에서만 숨을 쉬고 있는 그곳을 유심히 보더니, 어머니는 안도의 한숨을 내쉬었다. 그녀의 순결이 확인된 것이다. 온몸으로 향이 배어 들어가도록 그녀는 온종일 그 방에 누워있었다. 어머니는 그녀를 청결하고, 순결한 몸으로 만들기 위해서 정신없이 방을 들락날락했다.

결혼식 하루 전, 어머니는 헤나가 담긴 통을 들고 방으로 들어왔다. 헤나라는 의식을 통해서 팔이나 다리에 헤나 염료를 사용해 문신을 그리는 전통이었다. 얼룩이 진할수록 시어머니와 남편의 사랑을 많이 받는다고 직접 그녀의 손과 발에 헤나로 문신을 그렸다.

“이 헤나는 여성의 아름다움과 헤나 특유의 향이 남편을 유혹하게 만들어 준대.”

어머니가 피곤해 보이는 그녀를 위해서 헤나에 관해서 설명해 줬다.

“헤나가 상징하는 것이 사랑과 애정, 행운과 존경 그리고 결혼 후에 안정적인 삶과 행복이야. 네가 결혼해서 남편과 잘 살았으면 해.”

어머니는 정성 들여 헤나 문신에 사랑의 문양이나 글을 넣어주며, 딸에게 해주고 싶은 말을 했다.

결혼식을 마친 자밀라는 그날 밤에 무서운 경험을 했다. 어두운 방에 창문 사이로 들어온 달빛으로 남편의 빳빳해진 그곳을 선명하게 보았다. 평생 처음 남자의 욕정을 보고 놀란 그녀를 경험 많은 남편이 부드럽게 감싸며, 옷을 벗기기 시작했다. 그가 처음 가보는 계곡으로 서서히 진입했으나, 오랫동안 숨겨졌던 그곳은 굳게 닫혀있었다. 한 발짝씩 엉켜진 수풀을 헤쳐 나가자, 통곡의 메아리가 울리기 시작했다. 좁아진 계곡으로 한 번에 들어갈 수가 없었다. 그 통곡은 며칠간 온 계곡으로 퍼져나갔으며, 시간이 지나면서 고통이 섞인 환희의 소리로 변해갔다.

어려서 잘 몰랐던 그녀의 결혼생활도 아득한 과거로 다가왔다. 첫날밤의 아련한 아픔보다 남편에게 소외되어 가는 느낌을 참는 것이 더욱 힘들었다. 그녀의 첫 고통이 쾌락의 시작이었다면, 지금은 그 끝을 향해서 달려가고 있었다. 그녀에게 절망적인 상황이 다가오면서, 온몸은 나락으로 빠져들었다.

그녀는 밤마다 잠을 설쳤다. 남편에 대한 애증이 심해질수록 배신감으로 변해가고 있었다. 그녀는 상점 주인에게 들었던 이야기가 사실이라면, 첫째의 시치미 떼던 표정이 맞는다면, 남편은 이제는 돌아오지 않으리라 생각했다. 아니, 남편은 이제 어떻게 하던 그녀를 버릴 거라고 확신했다. 그녀의 뇌리에 싫어하는 상점주인 얼굴이 어렴풋이 떠올랐다.

캄신이 불어 바람이 거칠어지자, 자밀라는 며칠간 좌판을 펴지 못했다. 남편과의 문제로 며칠 동안 잠을 자지 못해서인지 현기증이 나기 시작했다. 잠을 설치고 있는데, 갑자기 그녀가 누워있는 방의 창문에서 '똑! 똑!' 두들기는 소리가 났다. 조금 있더니, 그녀를 부르는 귀에 익은 목소리가 작게 들려왔다.

히잡을 둘러쓰고 밖으로 나가자, 상점 주인이 문밖에서 서성거리고 있었다. 그는 여자만 있는 집에 남자가 올 수 없다는 것을 알고 있다. 그가 남편을 만나러 왔다는 핑계를 댔지만, 남편이 집에 없는지 이미 확인했을 것이다. 그의 표정은 평상시와 사뭇 달랐다. 그의 사촌인 첫째가 무슨 말을 했는지 모르지만, 그녀에게 갑자기 나타난 의도가 불안해졌다.

그는 할 말이 있다면서, 여기서는 누가 보면 곤란하니 집 근처에 있는 움막으로 가자고 했다. 그곳은 마을 사람들이 종교행사가 있거나 어린 여자애들의 '할례' 때 사용하는 장소였다. 저녁이 되면 그곳은 인적이 끊기는 적막한 공간으로 변했다. 자밀라는 그가 무슨 말을 할지 궁금해졌다. 혹시, 남편 관련 이야기가 아닐까 하는 생각이 들었다. 정신이 몽롱한 상태에서 불안했지만 그를 따라나섰다.

나일강에서 불어오는 서늘한 바람이 그녀의 발목을 타고 몸으로 퍼져 들어왔다. 숨어 있던 욕망이 바람을 타고 그녀에게 전달되는 것을 느꼈다. 그가 바람이 심하게 부니 방 안으로 들어가자고 했다. 그 방은 '할례'를 끝내고 회복하는 데 쓰이는 곳이다. 잠시 멈칫하는 그녀의 손을 잡고 방으로 끌고 들어갔다.

방 안은 희미한 달빛으로 잘 보이지 않았지만, 피 묻은 헝겊들이

어지럽게 널려져 있었다. 어두운 방에 잠시 정적이 흘렀다.

"남편이 상점에 들르지 않은 이유는 당신과의 문제라고 들었소."

그는 예상한 대로 첫째에게 들은 이야기를 했다. 그가 말하는 소리는 어둠을 통해서 귀로 뚜렷하게 전달되었다. 그의 눈동자가 달빛에 반사되어 빤작거렸다.

"남편이 왜 저를 싫어하는 건지 잘 모르겠어요."

자밀라는 분명 첫째의 모략이고, 상점 주인이 여기 온 것도 첫째의 의도된 묵인일 거라 생각을 했다.

"솔직히 저는 남편에 대한 애증도 이제는 사라지고 말았습니다."

그녀가 해서는 안 될 말을 체념한 듯 힘없이 말했다. 상점 주인에게는 마음을 열었다는 말로 들릴 수도 있었다. 그녀는 참았던 욕정을 풀고 싶다는 생각이 들었다. 그녀에게는 가족을 보살펴 줄 남편이 필요했다. 그녀가 지금 저지르려고 하는 일이 얼마나 위험한 일인지 알고 있다. 상점 주인 역시 남의 여자를 탐하면 어떻게 된다는 것을 모를 리 없었다. 그녀는 못살게 구는 그를 싫어하면서도 본능에 허물어지는 마음이 아팠다. 그에게 다가가고 있는 자신이 더욱 싫어졌다.

상점 주인이 집으로 다녀가고 며칠이 지난 후, 남편이 저녁 늦은 무렵 집으러 와서 생활비를 주었다.

"이게 마지막 생활비야!"

화난 말투로 그녀를 쏘아보면서 던진 말이었다.

"그게 무슨 말이죠?"

그녀는 정색하는 남편에게 조심스럽게 물어봤다.

"몰라서 물어봐!"

남편은 모든 것을 다 알고 있다는 듯 그녀를 위에서 아래로 흘겨보았다. 자밀라는 아무 말도 하지 않았다. 그의 입에서 이혼이라는 말보다 더한 말이 나올 수도 있겠다는 생각이 들었다. 남편도 그녀에게 더 이상 아무 말도 하지 않았다. 집을 나가는 그의 뒷모습을 보면서, 그녀는 서글픔에 주저앉아서 흐느껴 울기 시작했다. 그 울음은 그녀의 잘못된 행위도 있었지만, 남편이 그렇게 만들었다는 배신감이 더욱 컸기 때문이었다. 상점 주인이 첫째와 만나서 무슨 계략을 세웠는지는 모르지만, 그들의 필요가 부합했을 것이다. 첫째는 셋째가 머지않아 남편에게서 멀어진다는 것을 잘 알고 있었지만, 자기보다 어린 둘째가 더 불안했을 것이다. '남편은 부인과 그 가족에게 동등하게 대해줘야 한다.'라는 이슬람의 규범은 이미 깨진 지 오래이고, 그것을 믿는 이슬람 여성들은 없었다.

자밀라 옆에는 이제 아무도 없었다. 홀로 방에서 고통을 잊어버리려는 듯 큰 소리로 꾸란을 낭송하기 시작했다.

자비로우시고 자애로우신 알라의 이름으로
새끼를 밴 지 열 달이 된 암낙타가 보호받지
못하고 버려지며,

산 채로 매장된 여아가 질문을 받으니
무슨 죄로 그녀가 살해되었느뇨.
빛을 맞이하는 아침을 두고 맹세하나니
그는 청명한 지평선에 있는 그를 보았으되,
너희는 어디로 가려하느뇨.
만유의 주님이신 알라의 뜻이 없이는 너희는
아무것도 할 수 없노라.

그녀는 꾸란 낭송이 끝나고, 알라에게 절을 하기 시작했다. 정신 없이 오랫동안 그렇게 움직이던 그녀가 '당장 알라에게 가야 해'라고 중얼거렸다. 알라만이 나의 더러워진 육신과 혼란스러운 정신을 깨끗하고 맑게 해 줄 수 있다고 믿었다. 지금 그녀가 의지할 곳은 이슬람의 유일신인 '알라'뿐이었다. 냉정하게 떠나 버린 남편도, 사악한 상점 주인도, 저주스러운 첫째도, 믿었던 셋째도 악마들이었다.

자밀라가 정신을 차린 것은 나일강이 붉게 물들어 갈 무렵이었다. 창문 틈으로 바람 소리가 세차게 들리기 시작하자, 그녀는 갑자기 어디론가 달려갔다. 마을의 어린 여자애들이 할례를 하는 바로 그 움막이었다. 작은방으로 들어간 그녀는 넋을 잃은 채로 상점 주인과 그날 밤의 일을 회상했다. 이곳에 오게 될 큰딸애도 떠올랐다. 그녀의 눈에는 온 세상이 붉게 보였다. 그것은 할례의 고통, 남자로부터의 고통이었다.

그녀는 어두운 방에서 얼마간을 중얼거렸다. 캄신의 소리가 그녀의 귀를 강하게 두들기자, 갑자기 밖으로 뛰쳐나갔다. '자밀라! 이제 나에게 와서 편안한 안식을 취하라.' 그녀의 귀에 알라가 부르는 소리가 계속 들려왔다. 어두운 나일강에서 하얀 도포를 입은 알라가 빨리 오라고 손짓을 하는 모습이 점점 가까이 보이기 시작했다.

날씨가 뜨거워지자, 캄신은 어디론가 자취를 감추었다. 조용하던 마을에 사람들이 웅성거리며 모인 곳은 마을 어귀에 있는 나일강변이었다. 하얀 천으로 덮여 있는 것이 보였다. 옆에는 갈라비아를 입고 머리에 터번을 둘러쓴 한 남자가 경찰들과 말을 하고 있었다. 그 남자의 표정이 굳어져 갔다.

"글쎄, 자밀라 남편이 오랫동안 생활비를 주지 않았다네요. 그래도 가족이 먹고살 돈은 줬어야 하는 거 아녜요?"

"그런데, 자밀라가 어떤 남자에게서 돈을 얻어 썼다고 하네요."

"남편에게 말 못 할 사정이 있었겠죠."

"그런데 남편은 왜 안 보이죠?"

마을 여자들이 여기저기서 웅성거리는 말들이 들려왔다. 옴두르만에 붉은 노을이 서서히 나일강 밑으로 사라지고 있었다.

모스타르의 하얀 십자가

세르비아 민병대가 들이닥치기 시작한 것은 브랑코가 꿈속에서 그녀를 만나고 있을 때였다. 총소리가 요란하게 나면서 조용하던 동네는 순식간에 여기저기서 들리는 비명으로 아수라장이 되었다. 그들은 닥치는 대로 집 안에 있던 사람들을 거리로 끌어냈다. 그는 가족들과 집 앞에 있는 도로로 끌려 나왔다. 세르비아 민병대들은 가가호호를 뒤지면서 크로아티아인들과 보스니아인들을 분리하였다. 브랑코는 그들에게 끌려가면서 길 건너 야스나의 집을 바라보았다. 그녀의 집은 이미 대문이 활짝 열려 있었고, 발코니에 있던 꽃들은 어지럽게 흩어져있었다. 발코니에서 길가로 떨어진 화분 하나가 산산조각이 나 있었다. 세르비아 민병대들은 도망치는 주민들을 향해서 총을 쏘아댔다.

다음 날 오전, 브랑코는 크로아티아인으로 신원이 확인되면서 가족과 함께 집으로 돌아왔다. 그는 지난밤 보았던 광경들을 떠올리면서 몸서리를 쳤다. 밤을 새운 그의 가족도 공포와 불안에 휩싸여 있었다. 그는 지난밤에 세르비아 민병대가 보스니아인들을 학교 운동장으로 데려가는 것을 보았다. 가족들이 서로 떨어지지 않으려고 부둥켜안고 울부짖는 모습을 보면서, 야스나의 얼굴이 계속 머릿속에서 맴돌았다. 한 무리의 세르비아 민병대가 여러 명의 보스니아계 청년들을 어디론가 끌고 간 후, 얼마 지나지 않아 총소리가 요란하게 들려왔다. 어떤 아이가 총소리에 놀라서 울부짖자, 그 옆에 있던 어머니가 그 아이의 입을 틀어막았다. 어두움 속에서 끌려가는 그들의 표정을 볼 수 없었던 것이 차라리 다행이라고 생각했다. 밤하늘에 떠 있던 달이 구름 사이로 들어가면서 암흑으로 바뀌었다.

날이 밝자 동네 사람들의 입소문을 통해서 어젯밤에 벌어진 일들이 하나씩 들려왔다. 세르비아 민병대는 보스니아인들을 남자들, 부녀자들과 어린아이들을 별도로 수용하고, 남자들 일부는 동네 뒤에 있는 훔(Hum) 산으로 끌고 가 처형시켰다는 것이다. 도시 전체가 흉흉한 소문들이 돌면서 주민들은 조심하며 서로 눈치들을 살폈다.

"옆집 아저씨도 어디론가 끌려가서 아직 돌아오지 않고 있어요."

브랑코가 어릴 때부터 자라면서 잘 알고 있는 동네 슈퍼 가게 아저씨가 근심 가득한 표정으로 걱정스럽게 말했다.

"세르비아 민병대가 이번에는 이슬람계의 씨를 말린다고 하는데, 앞으로 무슨 일이 벌어질지 걱정스러워요."

브랑코는 같은 마을에서 친하게 지낸 이웃의 얼굴들을 차례차례 떠올렸다. 한순간 그들에게 불어 닥칠 엄청난 고통을 생각하자 가슴이 미어져 왔다. 집에서 그의 아버지가 급하게 부르는 소리가 들렸다.

"애야! 내가 배편을 알아볼 테니 삼촌이 있는 바리로 피신할 준비를 해라."

세르비아 민병대들이 보스니아인들의 남자들을 학살했다는 소문이 사실로 확인되면서, 아버지 얼굴에는 근심과 불안한 기색이 역력해 보였다. 그의 아버지는 지금 상황이 어떻게 급변할지 안심할 수가 없었다. 더군다나 이웃의 보스니아인 친구들이 끌려가서 돌아오지 않는 것으로 봐서는 사태가 더욱 심각해질 것으로 생각했다. 브랑코는 가족과 함께 있겠다고 고집했지만, 아버지의 완강함을 이길 수 없었다. 가족도 상황을 봐서 크로아티아로 떠날 예정이었다. 브랑코는 야스나와의 갑작스러운 이별로 가슴이 아팠지만, 이 전쟁은 곧 끝날 것이라고 믿고 아버지 말대로 당분간 피신하기로 했다.

브랑코는 이탈리아 바리(Bari)에서 새벽 비행기를 탔다. 멀리 태양이 서서히 떠오르자 비행기 밑으로 아드리아해가 보이기 시작했다. 빨갛게 물들기 시작한 아드리아해는 시간이 지나면서 파란색으로 변해갔다. 저 멀리서 아직도 하얀 눈이 덮여 있는 알프스산맥이 다가오고 있었다. 곧 모스타르(Mostar)에 착륙한다는 기장의 안내방송이 끝나자 기체가 급강하했다. 엔진 소리가 심하게 들리면서 기체가 요동쳤다. 이런 상황에 익숙해 보이는 승무원들은 몸의 균형을 유지하며, 통로를 따라 승객들에게 안전벨트 착용을 확인하고 있었다. 모스타르 시내가 창밖으로 보이기 시작하면서, 브랑코의 가슴이 조금씩 조여 왔다. 브랑코는 트랩을 밟으며, 잠시 저 멀리 훔(Hum) 산을 바라보았다. 알프스에서 불어오는 바람이 그의 몸을 감쌌다. 그는 공항 게이트를 나와서 택시를 타고 스타리 모스트(Stari Most; 오래된 다리)로 향했다.

오랜만에 와 본 도시의 모습이 많이 변해있을 거라는 그의 확신은 곧 사라졌다. 모스타르의 구시가 중심인 브라체 페지카(Brace Fejica)의 골목길은 옛 모습 그대로였다. 카페와 상점들은 관광객들로 북적거렸다. 강 너머로 보이는 메흐메드 파샤 모스크(Mehmed Pasha`s Mosque)도 건재하였다. 그의 시선은 스타리 모스트 밑으로 흐르는 강물을 따라가고 있었다. 겨울 동안 얼어있던 알프스의 눈이 녹으면서, 유량이 늘어나 유속이 빨라 보였다. 강물에 비친 푸른 하늘이 천천히 도망치고 있었다. 그는 가끔 그곳의 기억을 잡으려고 미간을 찌푸렸다. 스타리 모스트를 건너 조금 지나자 모스타르의 중심 대로가 나타났다. 수많은 차가 줄지어 어디론가 빠르게 달려가고 있었다. 그는 잠시 신호등 밑에서 건너편 빨간불을 바라보며, 화염에 덥혔던 도시의 모습을 떠올렸다.

넓은 횡단보도를 건너자, 그가 어려서부터 다녔던 프란치스코(Francesco) 성당의 첨탑이 보이기 시작했다. 성당이 가까워지면서 그의 걸음도 빨라졌다. 크로아티아계인 부모의 영향으로 그는 자연스럽게 성당을 다녔다. 모스타르에는 같은 슬라브족이 네레트바(Neretva)강 하나를 사이에 두고 북쪽에는 가톨릭교의 크로아티아인들이, 남쪽에는 이슬람교의 보스니아인들이 살고 있었다. 그들은 다리를 통해 서로의 문화를 공유하였지만, 때로는 종파적 갈등으로 서로에게 상처를 주기도 했다. 그는 어릴 적 성당에서 세례를 받은 이후로 주일 미사에 가족과 함께 참석했고, 금욕과 단식을 지켰으며, 고해성사를 어김없이 받았다. 그가 지켰던 성당은 전쟁으로 일부 파괴되어 과거의 아름다움은 사라지고 없었다. 본당은 복구 작업으로 인해서 안으로 들어갈 수가 없었다. 임시 성당에는 많은 사람이 미사를 보고 있었다. 그는 뒤쪽에 있는 의자에 앉아 조용히 눈을 감으며 평화로웠던 어릴 적 모습을 떠올렸다.

그는 성당에서 나와 멀지 않은 곳에 있는, 예전에 살던 동네로 발걸음을 옮겼다. 언덕길을 오르던 그가 잠시 시선을 한 집에 멈추었다. 빨간 지붕 처마 밑으로 발코니에는 꽃들이 덮여 있었던, 그에게는 낯익은 집이었다. 발코니에서 손을 흔들어주던 그녀의 모습은 보이지 않았다. 지금은 허름해진 난간을 타고 빛바랜 햇살만이 흘러내리고 있었다. 예전에는 떠들썩했던 동네가 담장의 높이만큼이나 스산해 보이면서 그 역시 낯선 이방인이 되어 있었다. 이리저리 기웃거려도 알 만한 이웃은 보이지 않았다. 그가 살았던 집은 리모델링을 해서 옛집의 모습을 찾아볼 수 없었다. 그의 가족은 크로아티아로 이주한 지 오래되었다. 산에서 날아오던 새가 그녀가 살던 집 발코니 위로 내려앉았다. 잠시 그곳에 머물더니, 브랑코가 가는 방향으로 날갯짓을 치며 날아갔다. 그는 빠른 걸음으로 산을 향해 그 새를 따라갔다.

브랑코가 모스타르에 온 것은 야스나를 만나기 위해서였다. 그가 고향을 떠난 지 5년 만이었다. 아드리아해 건너편에서 그녀를 생각하며 지낸 세월이 그렇게 흘렀다. 비행기로 2시간이면 올 거리를 그는 5년이란 시간을 돌아서 왔다. 그는 어수선했던 그 당시에 그녀에게 떠난다는 말도 못 하고, 전쟁의 포화 속에서 도망치듯이 친척이 살고 있던 이탈리아로 피신했었다. 친구를 통해 그녀의 소식을 듣는 날에는 당장이라도 달려가고 싶었다. 시간이 흐르면서 그녀에 대한 소식은 더 이상 들을 수 없었다. 1년 전 바리에서 우연히 만난, 야스나에게 편지 전달을 부탁했던 그녀의 친구한테서 들은 소식이 마지막이었다. 그녀의 친구 이야기 속에서 야스나가 얼마나 힘든 시간을 보냈는지 알 수 있었다. 그는 그날 밤에 괴로움으로 잠을 이루지 못했다.

그가 야스나를 처음 만났던 것은 스타리 모스트에서였다. 아침 일찍 강 건너에 있는 학교로 걸어가고 있는데, 뒤에서 뭔가 부딪치는 소리와 함께 날카로운 비명이 들렸다. 뒤를 돌아다보니 한 여자가 헛도는 자전거 바퀴 옆에 쓰러져 있었다. 이른 아침이라 인적이 드물었다. 그녀는 고통스러운 표정으로 신음을 내고 누워있었다. 머리에는 하얀색의 히잡을 두르고 있었고, 목까지 올라오는 블라우스의 허리 부분 끝단이 조금 풀어헤쳐져 있었다.

"괜찮아요?"

그는 정신없이 달려가, 그녀가 다친 곳이 있는지 확인하면서 말을 건넸다.

"다리가 조금 아픈데 참을 만해요."

히잡 안으로 드러난 그녀의 얼굴은 의외로 맑아 보였다. 하얀 피부에 검은 눈썹 밑으로 커다란 눈을 가진 그녀의 모습이었다. 그는 넘어진 자전거를 일으켜 다리 난간에 세웠다. 그녀는 옷에 묻은 흙을 털어내며, 일어나서 자전거를 끌고 가려고 했다.

"바쁘지 않으면 몸을 좀 추스르고 가시죠?"

그는 당장에라도 그 자리를 피하려는 그녀를 향해 말을 걸었다. 그녀는 잠시 돌아보며, 그에게 고맙다고 말하면서 자전거를 타고 다리를 건너갔다.

며칠이 지난날 아침, 집을 나서던 브랑코는 발걸음을 잠시 멈칫했다. 길 건너 빨간 지붕의 집에서 하얀 히잡을 쓴 여자가 자전거를 끌고 나오고 있었다. 얼마 전에 다리에서 봤던 그녀였다. 그녀가 자전거에 올라타 막 페달을 밟으려 할 때 다급하게 그가 그녀를 불렀다.

"저기 잠시만요!"

그녀는 움찔하면서 페달에서 발을 떼고 뒤를 돌아봤다. 그는 급하게 길을 건너 그녀에게 달려갔다.

"혹시 얼마 전 다리에서 자전거를 타고 가다 넘어지지 않았나요?"

그녀는 자전거에서 내려 멈칫거리는 그를 보며 살짝 웃었다.

"저번에 당황해서 고맙다는 말도 제대로 못 했어요. 늦었지만, 그때 도와주셔서 감사했어요."

아침의 햇살을 받은 그녀의 얼굴은 그때보다 더욱 환한 미소를 머금고 있었다. 그녀는 다리 건너에 있는 그가 다니는 고등학교의 신입생이었다. 크지는 않았지만, 모스타르에서는 종교와 관계없이 다닐 수 있는 유일한 학교였다. 그들에게는 종교는 크게 문제가 되지 않았다. 주변에 둘러싸인 나라들이 다른 종교를 가지고 있었고, 같은 지역에서도 오랫동안 서로의 종교에 대해서 인정해 주고 살고 있었다. 유고연방 해체 전까지 지역적인 종교 분쟁은 없었으나, 그들이 만났을 때는 세르비아계의 주도로 주변국들과의 종교 갈등이 시작될 무렵이었다. 세르비아 민병대가 보스니아 국경에서 가끔 무력 충돌이 일어나고 있었지만, 같은 슬라브 인종이었기에 보스니아인들은 처음에는 심각하게 받아들이지 않았다.

모스타르의 봄은 알프스산맥에서부터 타고 내려오는 바람으로 시작되었다. 얼어붙은 네레트바강이 서서히 녹으면서, 강가에는 수많은 꽃이 고개를 들기 시작했다. 움츠렸던 사람들이 두꺼운 겉옷을 벗어 던지고, 거리를 활보하고 있었다. 브랑코는 같은 대학으로 진학한 야스나와 항상 집 근처에서 만나 대학 도서관으로 갔다. 그들의 일상은 그렇게 시작했다. 방송에서 연일 세르비아의 동향에 대해서 보도를 하고 있었다. 히잡을 쓴 그녀의 모습에 불편하게 생각하는 사람들이 늘어났지만, 그들에게는 봄 향기만큼이나 달콤한 사랑에 빠져있을 무렵이라 심각하게 여기지 않았다. 그들은 날씨가 더워지면서 처음 만났던 스타리 모스트가 보이는 강변에 앉아, 서로의 앞날에 대해 많은 이야기를 나누었다. 그때까지는 그들의 사랑도 변함없이 그렇게 지속되리라 믿고 있었다.

야스나는 그날 밤을 생생하게 기억했다. 갑자기 집 밖에서 총소리와 함께 문이 부서지면서 총으로 무장한 세르비아 민병대가 들이닥쳤다. 각 방에서 잠을 자던 가족은 옷도 제대로 입지 못한 채로 거리로 내몰렸다. 어머니는 그녀의 손을 놓치지 않으려고 꼭 잡고 떨면서 그들에게 밖으로 끌려 나갔다. 여기저기서 온 동네 사람들이 양떼들처럼 어디론가 그들에게 내몰리고 있었다. 얼마 후 그들이 도착한 곳은 근처의 학교 강당이었다. 민병대들의 눈초리는 당장이라도 무슨 일을 벌일 것 같았다. 그들은 이미 보스니아인들의 인적 사항에 대해서 파악하고 있었다. 강당 앞 책상에 앉은 민병대원이 장부를 뒤적거리고 있었다.

"지금부터 호명하는 사람은 앞으로 나와라!"

굵고 절도 있는 세르비아 민병대원의 목소리가 강당 안으로 울려 퍼지며, 극도의 공포감이 감돌았다. 군화 소리가 요란스럽게 들리면서 강당 안에 있던 사람들은 숨소리를 죽이고 있었다.

야스나는 며칠 전 학교에서 만났던 브랑코를 떠올렸다. 그는 그녀에게 세르비아계 사람들이 쳐들어올 거라는 이야기를 했다.

"그들의 대상은 보스니아인들이니 당분간 조심하는 것이 좋을 것 같아."

그는 가톨릭 신자인 크로아티아인으로 세르비아 민병대가 쳐들어와도 문제가 되지 않지만, 이슬람교의 보스니아계인 야스나가 걱정이 되었다.

지금 벌어지고 있는 유고 분쟁은 종교적인 문제였다. 세르비아 정교의 교리와 다른 이슬람계의 보스니아인들이 공격의 대상이 되었다. 보스니아의 정부군은 대부분 보스니아인으로 구성되어 있었다. 세르비아의 민병대와 국경에서 교전을 벌이고 있었지만, 병력과 화력이 우세한 세르비아 민병대가 보스니아 정부군을 제압하고 있었다. 세르비아 민병대가 보스니아 지역을 장악해 나가면서, 보스니아 내 세르비아계들의 움직임이 심상치 않았다. UN군이 일부 지역에 파견되어 있었지만, 세르비아 민병대의 위세에 눌려서 제대로의 역할을 하지 못하고 있었다.

야스나의 가족은 다른 보스니아인들과 함께 집으로 돌아와 세르비아 민병대들에 의해 외부 출입을 통제받았다. 물자 공급은 일주일에 한 번씩 그들에 의해서 일정 장소에서 이루어졌으나, 보급품은 턱없이 부족했다. 전화도 그들의 도청으로 함부로 할 수 없는 감옥 같은 생활이었다. 야스나는 주위의 시선과 혹시 브랑코에게 문제가 될 수 있어서 연락할 수 없었다. 그가 보스니아인들과 내통하는 것으로 오해를 받으면 세르비아 민병대에게 잡혀갈 수 있었다. 야스나는 그가 집 근처로 찾아오지 않을까 가끔 발코니에 앉아서 기다렸다. 많은 사람이 끌려갔던 훔(Hum) 산은 총성이 멈추면서 평온한 일상이 찾아왔다. 산에는 꽃들이 만발했고, 새들은 자유로이 상공을 날아다니고 있었다. 그녀가 답답한 마음에 보급품을 배급해 주는 날에 나가려고 하면, 어머니는 문밖으로 절대 나가지 못하게 했다. 밖에는 세르비아 민병대들이 굶주린 늑대들처럼 어슬렁거리고 있었다. 날이 어두워지기 시작하면서 거리는 인적이 끊겼다. 밖은 회색 어둠으로 뒤덮여 있었고, 일촉즉발의 상황은 이어져 갔다.

뜨거운 여름이 지나고, 산이 빨갛게 물들기 시작할 무렵이었다. 며칠 동안 폭격 소리와 요란한 총소리가 들리더니 세르비아 민병대가 철수했다는 소문이 돌았다. 얼마 후, 보스니아 정부군이 길거리 방송을 통해서 시민들의 안전 수칙에 대해서 지속적으로 알리고 있었다. 거리에는 사람들이 하나둘씩 보이기 시작했다. 그들의 얼굴은 굳어 있었고, 몸과 마음이 피폐해져서 많이 지쳐 보였다. 동네 사람들의 친절하고, 상냥했던 모습은 이제는 찾아볼 수 없었다. 지난 몇 개월간 죽음의 공포와 참혹한 생활이 그들의 본모습을 잃게 만들었다. 야스나는 매일 알라에게 다섯 번의 기도를 하면서 원망도 많이 했다. 그녀는 집에서 나와 조심스럽게 브랑코의 집으로 갔다. 그의 집은 굳게 닫혀있었고, 안에는 인기척이 없었다. 그녀가 두리번거리고 있는데, 이웃에 사는 아주머니가 빼꼼히 창문을 열었다. 그녀는 궁금한 마음에 그 아주머니에게 물어보았다.

"이 집에 살던 분들을 잘 아시나요?"

아주머니는 옆집과 2대째 같이 살고 있다고 했다. 그러면서 그 가족들이 뿔뿔이 흩어진 이야기를 들려줬다.

"얼마 전에 가족들이 크로아티아로 떠난다고 했어요. 그중에 아들은 이미 이탈리아 친척에게 보냈다고 하던데……"

크로아티아인들은 증명서만 있으면 어디든 갈 수 있었다는 이야기도 덧붙였다. 야스나는 순간 힘없이 고개를 떨구었다. 여러 가지로 급박한 상황이었다는 것을 그녀는 잘 알고 있었지만. 브랑코가 말 한마디 없이 떠난 것이 몹시 서운하고 야속했다. 한편으로는 이탈리아에는 무사히 도착했는지 걱정이 되었다. 보스니아계와 크로아티아계의 불안한 동거와 세르비아 민병대에 의해서 그들이 차별화되어 친구들과도 어울릴 수 없었던 상황이었다. 그녀는 그의 빈 집을 한참 바라보았다.

브랑코 집에서 돌아오는 길에 야스나는 자신이 다니던 대학교 캠퍼스로 갔다. 혹시 브랑코의 흔적이라도 볼 수 있을까 하는 미련 때문이었다. 산에 있는 캠퍼스는 황폐해졌다. 일부 시설은 세르비아 민병대가 사용했던 흔적들이 남아있었다. 어질러진 건물 내부를 직원들이 정리하고 있었다. 군데군데 보이는 그들의 막사 주변에는 쓰레기들이 아직도 치워지지 않은 채 방치되어 있었다. 브랑코와 공부했던 도서관으로 향하고 있는데, 누군가가 그녀의 이름을 불렀다. 놀라서 소리가 나는 쪽으로 얼굴을 돌려 바라보았다. 같은 과 친구가 반가운 얼굴로 다가와 그녀의 손을 덥석 잡았다.

"야스나! 오랜만이야. 그동안 어떻게 지냈어?"

생사를 겪으면서 살아 있는 친구가 반가웠다.

"보다시피 살아 있으니 이렇게 다시 만났네."

야스나도 친구가 반가웠다.

"많이 힘들었지? 그동안 별일 없었어?"

그녀의 얼굴에는 반가움보다는 걱정하는 마음이 더욱 선명했다. 그녀의 친구가 갑자기 생각난 듯 가방 속에서 뭔가를 꺼내서 야스나에게 건네주었다.

“세르비아 민병대가 들어오고 얼마 지나지 않아서, 브랑코가 너를 만나면 꼭 전해달라고 했어.”

친구는 개봉하지 않은 편지를 야스나에게 주면서 브랑코가 이탈리아로 갔다는 말도 잊지 않았다. 야스나는 그 친구에게 브랑코의 소식과 이탈리아 주소를 물어봤으나, 아무것도 알 수 없다는 이야기만 들었다. 그녀는 친구와 헤어지고, 브랑코와 같이 자주 들렸던 도서관 뒤에 있는 플라타너스 옆 벤치로 갔다. 편지 겉봉투에는 급하게 쓴 그녀의 이름과 함께 그 아래에는 브랑코의 이름이 적혀있었다. 봉투를 열면 브랑코의 냄새가 날 것만 같았다.

사랑하는 야스나!

당신에게 떠난다는 말 한마디 못 해서 미안해. 갑작스럽게 떠나야 할 상황이었으니 서운하겠지만, 이해해 주기를 바란다. 전쟁은 곧 끝날 것이라고 믿어. 평화가 다시 찾아오는 그날을 기다리며 우리가 했던 말들을 하나씩 실행해 옮기자. 당분간 연락이 되지 않더라도 건강한 모습으로 다시 볼 날을 기다리며, 희망을 품고 살자.

어느 날, 내게 꿈을 아느냐고 물었지.

너의 머리는 파란 하늘에 젖어 있었네.

내가 너를 사랑하냐고 물었지.
너의 눈망울에 내 모습이 보였어.

먼 길 오면서 홀로 되어 외로울 적에
너는 그 길을 나와 같이 걸었지.

이제 너의 뿌리 깊어진 나의 영혼을
너에게 불어넣고 가도 좋으련만……

나는 너를 지켜줄 유일한 창이 되어
너의 사랑하는 동반자로 돌아오리라.

1992. 6. 15. 당신을 사랑하는 브랑코.

보스니아군이 주둔했지만, 모스타르는 다시 죽음의 도시로 변했다. 하얀 눈으로 덮인 주변 산에서는 세르비아 민병대 스나이퍼(저격수)들이 지나가는 사람들을 향해 총을 쏘고 있었다. 어디서 날아들지 모르는 총탄으로 사람들은 밖으로 나갈 때에는 허리를 굽혀 낮은 자세로 주변을 살핀 후 뛰어다녔다. 가끔 쓰러지는 사람들을 보면서 공포와 불안에 떨었다. 전기, 연료, 상수도, 식량 보급망이 끊어져 거의 모든 것을 구할 수 없는 무정부 상태였다. 밤이면 칠흑 같은 어두움으로 변하였지만, 그 틈을 타서 많은 사람이 조심스럽게 식량을 구하기 위해서 움직였다. 도시는 1년간 포위되어 있었으며, 그들을 보호해 줄 조직적인 군대나 경찰은 없었다. 그들의 생존 수단이란 그저 총을 가지고 자기 집과 가족을 지키는 것이었다.

몇 개월 후, 아사자(餓死者)와 동사자(凍死者)에 대한 소문이 돌았다. 연료가 부족해서 버려진 집들에서 구한 문, 창문틀을 뜯어서 태웠다. 아스나의 집에 있는 가구들도 전부 난방에 소모했다. 많은 사람이 질병으로 죽어갔다. 대부분 물이 나빠서였고, 그들은 빗물을 받아 마셨으며, 비둘기를 잡아먹었고, 심지어 쥐도 먹었다. 그 상황에서 돈은 아무짝에도 쓸모없었다. 암시장이 가동하면서 그들은 여러 가지를 바꿔 팔았다. 콘, 비프 캔 하나는 여자를 몇 시간 살 수 있는 가치가 있었다. 그런 여자 대부분은 그저 필사적으로 살아남기 위한 애 엄마들이었다. 양초, 라이터, 항생제, 연료, 배터리, 총탄과 음식 등이 거래됐으며, 그들은 그런 것을 얻기 위해 짐승처럼 싸웠다. 그런 상황에서 대부분 사람이 괴물로 변해가고 있었다.

도시는 거리 단위의 집단으로 쪼개진 상태였다. 야스나가 살던 동네는 50여 채의 집이 있었다. 그들은 매일 밤 5명의 무장 남성으로 구성된 협동 순찰조가 돌면서 강도를 막았다. 그들은 같은 거리에 있는 사람들끼리도 무엇이든 거래했다. 그녀 동네에서 5㎞ 떨어진 거리까지 가는 길은 낮 동안에는 저격수로 위험했기 때문에 밤에만

갈 수 있었다. 물은 천장에서 빗물을 받아다 몇 개의 큰 통에 저장해서 정수를 위해 끓여 먹었다. 동네 근처에 강이 있긴 하지만, 상당히 오염된 상태여서 선택의 여지가 없었다. 죽은 사람들의 장례식을 제대로 치를 수 없었다. 사람들은 그들을 묻기 위해서 빈 땅이 있는 곳 어디든 사용했으며, 집 가까운 곳이나 정원에도 묻었다. 도시 내의 공원 두세 개는 공동묘지로 변했다. 집을 둘러싼 벽돌 벽이 있었지만, 출입구에는 모래주머니를 쌓았다. 그 모래주머니 너머에는 구할 수 있는 것이라면 뭐든지, 커다란 철판이나, 바위 등을 가리지 않고 놓았다. 집 안 창문 역시 총구를 위해서 약간의 구멍을 뚫어놓는 것을 제외하고는 가능한 모든 수단으로 틀어막았다. 가족 중 남자들은 항상 싸울 준비를 했고, 한 명은 항상 집 밖 거리의 숨은 공간에서 누가 오는지 감시하며 대기했다.

세르비아 민병대들이 다시 도시를 장악한다는 소문이 돌았다. 지난 1년간 숨 막히는 생활과 식량부족으로 야스나는 가족과 도시 외곽에 있는 친척 집으로 피신을 했다. 그 마을에는 30여 가구가 농사를 짓고, 가축을 기르고 있어서 식량 문제는 피할 수 있었지만, 외곽 지대라 세르비아 민병대에 노출이 되면 더 위험할 수 있었다. 어차피 죽음의 공포는 어디에서나 상존했으며, 여러 명의 가족이 같이 있으면 위안이 될 수 있었다. 그 집에는 숨을 수 있는 공간도 있어 유사시에는 위험한 상황을 피할 수 있었다. 간간이 세르비아 민병대가 보스니아인 남자들을 시장 같은 공개 장소에서 처형한다는 소문이 들려왔다. 야스나를 더욱 불안하게 한 것은 세르비아 민병대들이 여자들만 별도로 잡아간다는 소문을 들었기 때문이다. 그러한 공포의 손길이 점점 그녀에게로 다가오고 있는 것 같았다. 마을의 남자들은 교대로 집 근처 산으로 올라가서 세르비아 민병대가 닥칠 것에 대비해 감시했다.

마을에 사는 크로아티아인 할아버지는 세르비아 민병대에 식량을 공급하면서 그들로부터 들은 말을 전해줬다.

"민병대원들은 세르비아인들이 살기 위해서 이슬람계 보스니아인들을 이 땅에서 몰아내야 한다고 했지."

민병대원들은 보스니아인들을 '인종 청소' 하지 않으면 세르비아인들은 결국 그들에게 처참한 말로를 맞게 될 것이라는 얘기도 덧붙였다. 이슬람교도로부터는 어떤 것이든 탈취해도 좋고, 이슬람 여자들을 강간해도 좋다는 얘기도 들었다고 했다. 강간으로 태어나는 아이들이 세르비아인이 되어, 결국은 세르비아인의 수를 늘려나가는 것이 궁극적으로는 인종 청소의 방법이라고 했다. 이슬람계 남자들에게 치욕감을 주고 인종을 말살한다는 목적으로 세르비아 민병대는 보스니아 전역에서 부녀자들을 집단 강간했다. 강간을 당한 여자들은 낙태할 수 없는 지경이 될 때까지 수용소에 감금당했다.

더위가 한창인 7월 초, 세르비아 민병대들이 마을로 오고 있다고 저 멀리 산 위에서 감시하던 마을 청년이 다급히 달려오면서 소리쳤다. 양을 치고 있던 야스나가 그 소리를 듣고 마을로 달려왔다. 그녀의 어머니는 농사일하던 여러 명의 여자와 함께 야스나를 데리고 은

신처로 들어갔다. 그곳은 외양간 뒤에 땅을 판 후 그 위에 지푸라기 더미로 출입구를 덮고, 그 안에 양들을 집어넣어서 사육장으로 위장했다. 야스나는 은신처에서 30여 명의 여자와 숨을 죽이고 있었다. 깊게 판 땅 위의 사육장 나무 벽 사이로 햇볕이 조금 들어왔다. 얼마 후 세르비아 민병대가 들이닥쳤는지 밖이 요란스러웠다. 갑자기 사육장으로 누군가 들어와 지푸라기 더미를 뒤지더니 나가는 소리가 들렸다.

"지금부터 여자들이 어디에 있는지 말하지 않으면, 5분에 한 명씩 처형하겠다."

밖에서 들리는 소리에 여자들의 숨 쉬는 소리가 사라졌다. 조금 있다가 나이 많은 남자의 목소리가 들려왔다.

"필요한 식량을 줄 테니 살려주세요."

그의 절규는 곧바로 총소리에 덮였다. 그러고 나서 모여 있던 남자들을 어디론가 끌고 가는 소리가 들렸다. 그들 중 보스니아인들은 살아남지 못할 것이다. 총소리가 한동안 울려 퍼지더니, 여러 개의 발소리가 들리기 시작했다. 양들의 울음소리가 들렸고, 갑자기 위에 있던 출입구 문이 열렸다. 야스나는 어머니의 손을 꽉 잡은 채 떨고 있었다.

세르비아 민병대는 여자들을 뿔뿔이 흩어 놓았다. 야스나의 어머니도 어디론가 끌려갔다. 그녀가 간 곳은 모스타르 근교에 있는 한 건물이었다. 음식점을 겸한 여관이었는데, 이슬람 여성들을 수용하는 장소로 사용했다. 그곳에는 많은 이슬람 여성이 방마다 꽉 차 있었고, 몇 명의 세르비아 민병대들이 관리하고 있었다. 1층은 식당으로 사용하면서 아침, 저녁으로 하루에 두 번씩 이슬람 여성들이 내려와 민병대의 통제하에 식사했다. 야스나는 처음 며칠 동안 공포 속에서 식사를 제대로 할 수 없었다. 식사 시간 동안에는 아무와도 말을 할 수 없었다. 여성들의 얼굴은 겁먹은 표정으로 굳어 있었으며, 눈동자는 한 곳에 고정되어 있었다. 어떤 여성이 갑자기 소리를 지르자, 민병대가 그녀를 끌고 나갔다. 야스나가 방에서 할 수 있는 유일한 일은 방구석에 쪼그리고 앉아서 무슨 일이 벌어질지 불안해하는 것뿐이었다. 가끔 외부에서 민병대들이 다녀가면 빈방들이 생겼고, 그 방은 곧 다른 이슬람 여성들로 채워졌다. 식당에서 눈을 마주치던 여성들이 하나둘씩 보이지 않으면서, 야스나에게도 그런 시간이 점점 다가오고 있었다.

며칠이 지난 후, 야스나가 있는 방의 문이 갑자기 열리면서 세르비아 민병대 한 명이 들어왔다. 그는 40대로 보이는 키가 크고, 얼굴이 차가워 보이는 전형적인 세르비아인이었다. 그가 잠시 그녀를 위아래로 훑어보자, 야스나는 순간적으로 몸을 움츠리면서 두 손으로 온몸을 감쌌다. 그는 그녀의 저항에 상관없이 강압적으로 옷을 벗기기 시작했다. 옆방에서 가끔 들리던 소리가 그녀의 귓가에 맴돌고 있었다. 철망으로 막아 놓은 창문을 통해서 찐득거리는 뜨거운 바람이 들어왔다. 브랑코가 부르는 소리가 들렸다. 그녀에게는 지금 저항할 힘도, 할 수 있는 게 아무것도 없었다. 그 세르비아 민병대는 거칠게 그녀를 다루었다. 그곳은 굶주린 사자가 울타리를 박차고 나와서 가리지 않고 육식 동물을 잡아먹는 야생의 동물원이었다.

“나는 수많은 여자를 강간한 후 죽였다. 너도 그중에 하나일 뿐이다. 죽기 싫으면 조용히 있어라.”

그의 말에 그녀는 몸이 굳기 시작했다. 그녀가 주변에서 들었던 말들이 머릿속을 하얗게 만들었다. 그의 몸이 순식간에 그녀의 몸으로 들어왔다. 그녀는 소리칠 수가 없었다.

그는 옷을 주섬주섬 입고 나서 그녀를 비웃듯 쳐다보며, 며칠 후 다시 오겠다고 하면서 방을 나갔다. 복도에서 그곳의 관리자가 그에게 하는 소리가 방문을 타고 들어왔다.

“여자들에 대한 처리는 알아서 해라. 다음에 와서는 일단 여관에서 끌고 나간 후엔 다시 데리고 오지 말고 반드시 죽여라.”

그 관리자는 이슬람 여성을 강간하는 것이 병사의 사기를 올리는데 아주 좋다고 낄낄대며 웃었다. 야스나는 쓰러진 채로 창밖을 바라보았다. 나뭇가지 사이로 해가 지기 시작하면서 빨간 노을이 하늘을 덮고 있었다. 어디서 날아든 새가 창가에 잠시 머뭇거리다 사라졌다. 그녀는 집 발코니에 있던 흩어진 꽃들이 떠올랐다. 브랑코가 길 건너에서 그녀를 부르는 것 같았다. 그녀는 이대로 영원히 잠들고 싶었다. 음습한 바람이 그녀를 덮고 있었다.

브랑코가 야스나의 친구로부터 전해 들은 이야기는 충격적이었다. 그녀는 야스나가 세르비아 민병대에 의해 여성 수용소로 끌려간 후, 그곳을 탈출했다고 했다.

"야스나가 어느 날 갑자기 집으로 왔어요."

그녀는 하고 싶은 말이 많았지만, 감정을 억제하였다. 그녀 역시 세르비아 민병대에 당했던 아픔이 가시지 않았다. 그녀가 겪은 고통은 평생 치유될 수 없었다. 이곳으로 이민 온 이유도 그녀 자신으로부터의 탈출이었다.

"야스나의 얼굴은 몹시 수척해 보였고, 불러있는 배와 굳어 있는 표정에는 그녀가 그동안 겪었던 고통이 고스란히 보였죠."

그들만이 알 수 있는, 말 못 할 심정을 야스나와 가슴을 끌어안고 한없이 울었을 것이다. 브랑코가 그녀들에게 해줄 수 있는 말은 하나도 떠오르지 않았다. 누구를 원망할 수 없는 종교전쟁도 그들의 슬픔에 대해서 냉담할 뿐이었다.

그녀는 한참 침묵을 지키다 그에게 조심스럽게 말을 했다.

"야스나가 다녀간 며칠 후, 그녀가 스타리 모스트에서 강물로 뛰어들었다는 소식을 들었습니다. 내가 달려갔을 때는 이미 장례를 치른 뒤였죠, 야스나가 죽으면서 손에 꼭 쥐고 있던 쪽지를 장례식장에서 한 장 전해받았습니다. 거기에 쓰여 있던 문구를 비석에 새겨주었습니다."

흙산은 꽃단장하고 있었고, 네레트바강에는 물새들이 떼 지어 놀고 있었다. 야스나는 돌아오지 못한 가족을 집에서 기다리며 어렵게 살고 있었다. 가끔 먼 곳을 응시하며 거리를 배회하는 그녀를 보면, 동네 사람들이 그녀를 집으로 데려다 보살펴 주었다. 그녀는 정신이 돌아오면 만삭의 몸으로 폭격에 무너진 스타리 모스트로 갔다. 거기에는 그녀의 꿈이 있고, 사랑이 있었다. 종일 강물을 응시하면서 보내다 어둑해지는 저녁에 돌아왔다. 밤이면 그녀는 방에 촛불을 켜고 기도를 했다. 그녀가 감금되었던 수용소에서 탈출하던 생각이 나면, 온몸에서 전기가 통하는 느낌을 받으면서 쓰러졌다. 밝은 햇살에 눈을 뜨면서 악몽은 사라졌다.

그녀가 버틸 수 있었던 것은 브랑코가 돌아온다는 확신 때문이었다. '나는 너를 지켜줄 유일한 창이 되어, 너의 사랑하는 동반자로 돌아오리라.' 그녀가 힘들 때마다 되새기던 말이었다. 그녀는 부서진 스타리 모스트 난간에 앉아서 흐르는 강물을 따라가면, 브랑코가 있는 곳에 갈 수 있다고 생각했다. 강물의 흐름이 빨라질수록 그녀의 마음도 그곳으로 빠져들었다. 그녀의 가슴이 요동치면서 환상 속으로 흘러갔다. 그곳에는 브랑코가 아이와 평화롭게 놀고 있었다. 야스나는 순간적으로 그들을 잡으러 달려갔다. 차가운 느낌이 온몸을 덮으며 그녀의 몸이 강렬한 소용돌이로 빨려들고 있었다.

브랑코는 그가 살던 동네 뒤에 있는 가파른 산을 올랐다. 예전에는 힘들이지 않고 뛰어오르던 산인데, 이제는 숨을 몰아쉬었다. 정상에 오르자 그녀와 같이 다녔던 모스타르 대학의 캠퍼스가 한눈에 내려다보였다. 숨을 가다듬은 그는 다시 옆으로 난 아스팔트 도로길을 따라 걸었다. 그의 발걸음은 조금씩 무거워졌다. 그 무게는 산의 높이가 아닌 마음의 깊이였다. 조금 지나자 좁은 길이 나타났고,

수많은 하얀 십자가들이 보이기 시작했다. 그가 도착한 곳은 공원묘지였다. 중앙에 큰 탑이 있었고, 멀지 않은 곳에는 이슬람 사원이 보였다. 곳곳에는 얼마 전 갖다 놓은 꽃다발들이 군데군데 보였다. 큰 원형의 세 개의 단으로 이루어진 거대한 묘지들은 그를 쳐다보고 있었다. 그는 야스나의 친구가 알려준 곳으로 발걸음을 옮겼다. 첫 번째 원형을 지나 비스듬히 만들어진 통로를 따라 두 번째 단으로 올라서면서 잠시 발을 멈추었다. 저 멀리 그가 찾던 곳을 발견했다. 얼마 되지 않는 그 거리를 한 걸음 내디딜 때마다 그녀의 얼굴이 다가왔다.

야스나 디클리치(Jasna Diklić)

1973. 4. 15. - 1995. 4. 12.

당신을 스타리 모스트에서 만난 날은

내 생에 가장 운 좋은 날이었다.

그는 오랫동안 보지 못했던 그녀를 찾았다. 그는 하얀 십자가 밑에 새겨진 비석을 보면서 참았던 눈물을 쏟아냈다. 그 눈물은 그동안 그가 꾹꾹 참아왔던 지난 세월의 응어리였다. 그는 지금 그녀 앞에서 엎드려 늦게 와서 미안하다는 말 외에는 할 수가 없었다. 그녀로부터 그를 갈라놓은 것은 인간들이 파 놓은 무덤이었다. 죽고 죽이는 전쟁 속에 남는 것은 결국 그들의 상처뿐이었다. 뿌리 깊은 무의미한 전쟁은 그들의 사랑을 송두리째 빼어갔다. 그에게 남은 것은 이제 그녀의 영혼뿐이었다. 그녀를 그리워했던 것은 종교도 인종도 아닌 오로지 그녀를 사랑했기 때문이었다. 브랑코는 그녀가 그를 애타게 기다리고 있을 스타리 모스트로 달려갔다.

| 異國의 이야기 |

카이로의 자스민 청년

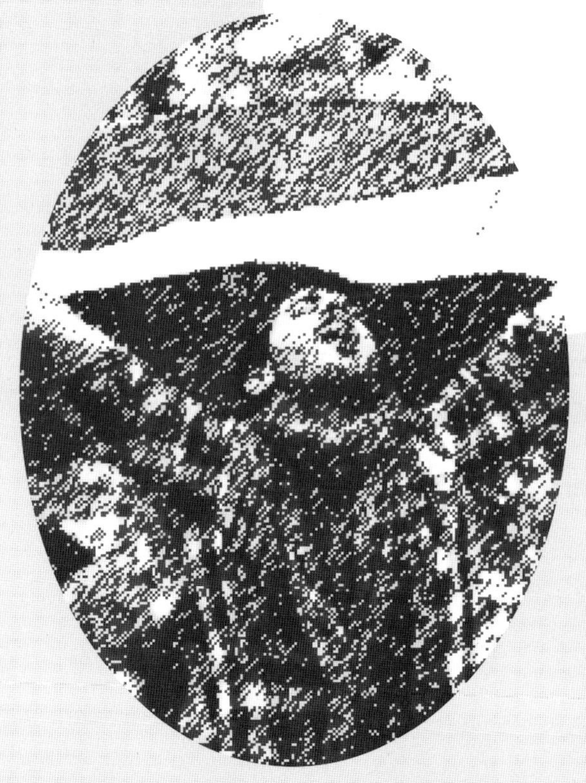

카이로의 하루는 항상 더운 바람으로 시작되었다. 오늘 새벽 내가 눈을 떴을 때는 여느 날과 달리 공기가 서늘해 있었다. 나는 자리에 누운 채로 벽에 걸린 시계를 보았다. 벽시계의 바늘은 새벽 5시를 가리키고 있었다. 잠을 깨운 것은 사원 쪽에서 들려오는 '아잔' 소리였다. 아직 여명이 남아있는 새벽에 첫 기도가 시작되면서 들려오는 '아잔' 소리는 새벽마다 나의 잠을 설치게 했다.

이곳 카이로의 무슬림 신자는 매일 하루에 5번 예배를 올린다.

"알라는 위대하다. 나는 알라 외에는 신이 없다고 증언한다. 나는 무함마드가 알라의 사도인 것을 증언한다. 자, 예배에 와라. 자, 성공을 위해서 와라. 알라는 위대하다. 알라 외에 신은 없다."

7절로 된 '아잔' 소리는 은은하게 읊조리는 독경(讀經) 소리처럼 들을 때마다 내 마음을 차분하게 해 주었지만, 오늘 서늘한 새벽 공기 속에서 들려오는 '아잔' 소리는 다른 날과 달리 내 마음에 불안의 그림자를 드리우고 있었다. 어제저녁 텔레비전 뉴스를 통해서 카이로 람세스 광장의 '알파트' 모스크의 진압 작전을 연기한다는 방송을 들었다. 그것을 믿는 이집트 국민은 없었다. 카이로의 새벽은 폭풍 전야의 바다처럼 고요했다. 나는 그 고요 속에서 느껴지는 팽팽한 긴장감을 온몸으로 감지하고 있었다.

'아잔' 소리가 그쳤을 때, 핸드폰 벨 소리가 들려왔다. 이렇게 이른 새벽의 전화는 어머니 아니면 본사에서 급한 일 때문인 경우가 대부분이다. 현지 시각을 모르고 한국에서 전화가 오는 경우도 종종 있었다. 나는 어머니의 모습을 떠올리며 수화기를 집어 들었다.

"그들이 몰려오고 있어요!"

전화선을 타고 들려오는 목소리는 뜻밖으로 메기드였다. 다급하게 들리는 그의 목소리와 함께 총소리, 소란한 움직임, 알아들을 수 없는 아랍어 등등 잡음이 뒤섞여 있었다. 메기드는 어디론가 급하게 이동 중인 듯 목소리가 희미하게 잡음을 타고 들려왔다.

"무슨 일이죠?"

나는 소리를 질렀다. 그러나 전화기 속에서는 아무 소리도 들려오지 않았다. 메기드에게 무슨 일이 생긴 것이 분명했다. 나는 마음이 점점 불안해졌다.

"메기드! 메기드! 메기드!"

메기드를 애타게 부르고 있는 내 목소리는 다시 들려오기 시작한 '아잔' 소리에 덮였다.

"아~앗!"

그때 아무 소리도 들리지 않던 전화기 속에서 메기드의 외마디 비명이 들려왔다.

"왜 그래? 메기드! 메기드! 내 말 안 들려요?"

나는 또다시 메기드를 정신없이 불렀다. 하지만 대답은 없었다. 신호가 끊기면서 조용해졌다. 내 손에서 스르르 힘이 빠지면서, 들고 있던 핸드폰이 카펫 위로 떨어지며 나뒹굴었다. 자세한 상황을 파악할 수는 없었지만, 지금 메기드는 위험한 상황에 빠진 것은 분명했다. 그런 메기드를 위해 내가 해줄 수 있는 것은 현재로는 아무것도 없었다.

내가 카이로에 온 것은 1년 전이었다. 착륙 직전 비행기 창문으로 내려다봤던 카이로는 '캄신'으로 자욱하게 덮여 있었다. 사막 속의 도시인 카이로에서, 도시 속의 사막이 보였다. 카이로 시내로 들어오면서, 3월이면 사막에서 불어오는 모래바람인 '캄신'이 안개처럼 자욱하게 시야를 가로막고 있었다. 바로 앞에 있는 물체도 알아볼 수 없을 정도였다. 그런 '캄신' 속에서 카이로는 얼마 전 중동 전역으로 불어 닥친 '자스민 혁명'의 물결을 타고 전 지역이 전쟁터로 변해갔다. 군사정권에 저항하며 혁명의 꿈에 부풀어 있는 사람들이 거리로 나와 당장이라도 성공할 수 있다는 자신감을 보여줬다. 반면에 혁명의 성공과 상관없이 오랜 군정에 지친 나머지 무표정한 사람들의 모습도 볼 수 있다. 그들은 오래전 자신들을 착취했던 영국인들이 스핑크스 코의 일부를 없애버린 것에 대해 무감각해진 것처럼, 역사는 그렇게 흘러간다고 생각하는 것 같았다.

카이로에 도착한 나는 외국인들이 밀집해 사는 '메다니'에 짐을 풀었다. 저녁 식사를 하기 위해서 가까운 한국식당으로 갔다. 식당 안에는 다음 날이 중동의 안식일인 금요일이라 사람들이 북적거렸다. 한국 직원이 식당 주인에게 새로 부임한 나를 소개해주었다. 이곳에 근무하면 한국식당을 찾게 되어 식당 주인과 자주 보게 될 것이다. 식사를 하면서 문득 내가 앉아 있는 탁자의 건너편에 이집트인처럼 생긴 젊은 남자가 한국인들과 같이 식사하고 있는 모습이 눈에 띄었다. 그 젊은 남자는 밝은 표정으로 웃고 있었지만, 눈빛은 뭔지 모를 수심이 짙게 깃들어 있었다. 그런 그에게 나도 모르게 눈길이 자주 갔다. 동행했던 한국 직원은 줄곧 젊은 남자를 주시하고 있는 나를 보고 저런 사람에게 관심을 두지 말라고 조언을 해줬다. 그날 젊은 남자와의 첫 만남은 그렇게 지나갔다.

며칠 후, 나는 한국에서 온 손님과 함께 저녁에 한국식당을 방문했다. 식당 안에는 현지인들과 외국인들이 많이 있었다. 외국인이 한국식당을 찾아오는 경우는 한국인의 초대로 오거나 한국의 진한 양념 맛에 중독이 되어서 오는 사람들이 대부분일 것이다. 나는 궁금증이 발동해서 한국 식당 주인에게 며칠 전 본 친구의 인상착의를 설명하면서 혹시 그에 대해서 아는 게 있는지 물어보았다. 식당 주인은 처음에는 갸웃하더니 그와 같이 왔던 관광객으로 보이는 한국인들을 이야기하니까 금방 그를 알겠다고 했다. 그의 이름은 메기드, 카이로 대학에서 신학을 전공하면서 한국 여행사에서 일하는 이집트인이라고 했다. 한국 여행사는 이집트에서 외국인들이 관광가

이드를 할 수 없어서 현지에서 관광가이드 자격증을 가진 사람을 채용하고 있었다. 이집트 정세가 이처럼 불안한데도 불구하고 한국 관광객들은 기독교 성지순례라는 명분으로 위험을 무릅쓰고 카이로에 왔다.

나는 식사를 마치고 숙소로 데려다줄 기사를 기다리며 식당 앞에서 있었다. 그때 우연히 그 청년, 메기드를 또 만났다. 그가 먼저 나를 알아보고 수인사를 했다. 그는 관광가이드를 해서인지 한국인들에게 거리 낌 없이 다가오는 것 같았다. 나는 어색했지만, 여러 번 눈인사를 나누었던 관계로 자연스럽게 아는 체를 했다.

"반갑습니다. 제 이름은 메기드입니다."

그의 한국말이 유창했다. 내가 웃으면서 어디서 한국말을 배웠는지 물어봤다.

"한국 여행사에서 일한 지 5년이 넘어서 자연스럽게 몇 마디 배웠습니다."

한국에 관한 관심 때문이 아니라 생계를 위해서 어쩔 수 없이 배운 한국어인 것 같았으나, 그런 건 중요한 일이 아니었다. 나는 그날 그렇게 메기드와 정식으로 인사를 했다. 나는 메기드에게 며칠 전에 만든 명함을 건넸다. 외국 생활을 하다 보면 현지인을 알아둘 필요가 있다. 한국 사람에게 호감을 느끼고 있는 이집트인들은 더욱 그랬다.

나의 카이로 생활은 매일 같이 벌어지는 시위로 인하여 하루하루가 긴장의 연속이었다. 무장 군인, 경찰들이 거리를 삼엄하게 통제하고 있었다. 집 앞에 서 있는 장갑차는 언제 일어날지 모르는 사태에 대비하고 있었고, 곳곳에 기관총을 든 군인들이 서 있었다. 전날도 카이로 '타흐리르' 광장에서는 야권 및 시민단체들이 모여 '무르시' 대통령의 권한을 강화한 신헌법 선언문 발표에 항의하는 집회가 열렸다. 집회는 곧 시위로 번졌다. '무르시' 정권 출범 이후 발생한 가장 큰 규모의 반정부 시위였다. 수도 카이로뿐만 아니라, 알렉산드리아, 수에즈, 포트사이드 등 주요 도시에서 동시다발적으로 발생하였다. 연일 사상자가 늘어나면서 불안은 가중되고 있었다.

나는 이집트에 대규모 발전소 공사를 수주하여 프로젝트 책임자로 근무하고 있었다. 카이로 인근에 건설하고 있는 대규모 발전소는 이집트 정부에서 전력난을 해소하기 위해서 심혈을 기울이고 있었다. 발전소 경비를 위해서 많은 인원의 경찰들이 배치되어 삼엄한 경계를 서고 있었다. 최근의 반정부 시위의 확산으로 경찰력이 시위 진압으로 차출되면서 치안 문제가 발생하였다.

현장소장이 공사 작업이 중단되었다고 보고했다. 이미 준공단계에 있어야 할 공기(工期)가 벌써 6개월 이상 지연이 되고 있었다. 공사 중단으로 인한 '불가항력 조항'과 연관하여 배상문제를 협의하기 위해서 이집트 전력부장관 면담을 요청한 상태였다. 공기(工期)가 늘어지면 계약에 따라 그 기간만큼 배상해야 했다. 정부 발주 프로젝트는 항상 예상하지 못한 변수로 인해 신경을 쓰지 않을 수 없었다. 나는 이 문제를 반드시 해결해야 했으므로 골치가 아팠다.

현장소장이 시내에 있는 나의 사무실로 온 것은 늦은 저녁이었다. 이번 사태에 대해서 전력부장관 면담 자료 준비를 하기 위해서였다.

"김 소장! 현장 분위기는 어때요?"

공기(工期) 연장 문제로 다소 짜증스러운 내 목소리가 사무실 전체로 흘러내렸다.

"현지 폭력배들이 권총을 소지하고, 현장 근로자들을 위협하면서 스트라이크를 하라고 합니다. 그러면서 돈을 요구하고 있습니다."

현장소장은 현지 폭력배들과 경찰들이 내락(內諾)이 되어 있어서 속수무책 상황이라며 혀를 내둘렀다.

"현장 사진을 찍고 가능한 많은 증거를 채집(採集)하세요."

나는 대책 협의를 끝내고 사무실을 떠나는 현장소장에게 안전에 유의하라는 말도 잊지 않았다.

나는 꽤 늦은 시간에 한국 기업의 주재원들과 정보 수집 및 동향을 공유하기 위한 대책 모임이 있어 한국식당으로 갔다. 그날도 손님들은 많았다. 그들은 이미 술에 취한 듯 얼굴을 불그스레 붉히고, 목청을 높이고 있었다. 식당 안쪽에 자리 잡은 한국 관광객들과 같이 식사하는 메기드를 볼 수 있었다. 나는 반가운 마음에 손을 들어 인사를 했다. 그도 나에게 손을 흔들어주었다. 식사를 마치고 식당을 나가던 그가 관광객들을 근처 숙소로 바래다주고 다시 오겠으니, 나에게 기다려 달라고 했다. 메기드가 나에게 무슨 말이 하고 싶어 그러는지 예상할 수 없었지만, 흔쾌히 그러겠다고 대답했다.

"오래 기다렸죠?"

잠시 후 메기드가 친한 친구를 만난 듯 반가운 얼굴로 식당으로 들어오면서 손을 흔들었다. 그는 얼굴 모습만 빼면 여지없이 한국 사람으로 느껴졌다.

"이슬람교에서는 술 마시는 것을 금기시하던데, 술을 마셔도 괜찮아요?"

내가 걱정스럽게 물었다.

"저는 '곱틱'(Coptic)입니다."

메기드가 앞니를 드러내면서 씩 웃으며 말했다.

'곱틱'은 이집트에서 자생적으로 발전한 기독교인들이었다. 이집트 인구의 10%가 '곱틱'이라고 했다. 어느 나라나 종교의 자유가 있다고 헌법에 명시가 되어있지만, 실제로 대세를 이루는 종교 집단이 그 나라를 지배했다. 이집트는 역대 대통령들이 '곱틱'이어서 다수의 이슬람교도가 10% '곱틱'에 의해서 지배를 받아 왔다고 말했다. 소수가 다수를 지배하는 것은 매우 특이한 일이었지만 이집트는 그랬다.

"이집트에서 이슬람이 번성할 수 있었던 것은 이슬람의 관대한 교리 때문이었습니다. 일반적으로 이슬람은 굉장히 폭력적이고, 파괴적이라고 생각하지만 소문과 다릅니다. 이슬람의 코란에는 '한 사람의 억울한 죽음은 만 명의 죽음과 무게가 같다'라는 말이 있을 정도로 결코 잔혹한 종교가 아닙니다. 이슬람은 점령지의 주민들에게 이슬람교를 절대 강요하지 않았습니다. 종교의 자유를 허락한 거죠."

메기드는 신학을 전공하는 학생답게 종교에 대해서 중립적인 견해를 밝히고 있었다. 기독교와 이슬람이 공존하는 이집트에서 종교적인 갈등이 없었던 시절은 아이러니하게도 식민지 시대뿐이었다. 세계 문명의 발상지라는 자부심이 있는 이집트 사람들이었지만, 종교적 교리로 인해 삶이 파괴되고 있는 걸 보면서 메기드는 이집트의 문제를 또 다른 각도에서 비판하고 있었다.

"이집트는 1952년 영국으로부터 독립을 하면서 왕정이 끝났습니다. 1956년 군사 쿠데타가 일어난 이후, 3명의 대통령이 모두 군인이었습니다. '무바락' 대통령이 독재정권의 대상이 되었던 이유는 극심한 부정부패와 민생 압제 정권이었기 때문이었습니다."

'자스민 혁명'은 튀니지에서 시작하여 중동지역으로 퍼졌다. 그리고 이웃 국가인 이집트의 '무바락' 정권까지 퇴진시켰다. 2년간의 무정부 상태에서 새로 들어선 것이 이슬람교도인 '무르시' 정권이었다. 55년 만에 민간정부가 그것도 이슬람 정부가 들어서면서 '무르시' 대통령은 이슬람식의 신헌법을 추진하였다. 그런 과거로의 회귀에 반대하는 세력들은 그동안 미국을 배경으로 국부(國府)를 가지고 있는 '곱틱'이었다.

'무르시' 대통령은 얼마 후 결국 군부에 의해서 축출되었다. 메기드가 주장하는 이집트의 비극은 종교적 갈등에 있는 것이 아니라, 오랜 군사정권에 길든 국민의 무기력이라고 말했다. 한 명의 조련사에 의해 길든 여러 마리의 사자들은 무서운 이빨을 드러내면서도 일사불란하게 움직이는 것과 다를 바 없다고 했다. 메기드는 이집트의 그런 현실을 한탄하면서 술을 마셨다. 메기드의 괴로움은 자신이 이집트의 젊은이로서 할 수 있는 것이 아무것도 없다는 데 있었다. 나도 그랬었다. 나는 그가 하는 말을 들으면서 나의 대학 시절을 떠올리고 있었다.

나는 도서관에서 다음 날 수업 시간에 제출할 리포트 준비를 하고 있었다. 자료를 찾아 책상에서 리포트를 쓰고 있었을 때였다. 갑자기 한 남학생이 도서관 안으로 뛰어 들어와서는 바로 내 앞의 빈자리에 앉았다. 남학생은 불안감을 감추지 못한 얼굴로 바깥을 응시하고 있었다. 바로 그때 '쿵! 쿵! 쿵!' 하는 발소리가 들리더니 곧바로 한 무리의 경찰과 사복 차림의 사내들이 험악한 얼굴을 하고 도서관 안으로 들이닥쳤다.

"저놈이다! 잡아라!"

그들은 앞자리에 숨죽이고 숨어 있던 남학생을 찾아내어 곤봉으로 무참하게 두들겨 패더니 끌고 나갔다. 남학생의 눈동자는 풀려있었고, 머리에서는 빨간 핏물이 흘러내리고 있었다. 도서관은 순식간에 아수라장이 되었다. 공포가 가득했던 도서관 한구석에서 누군가 흐느끼는 소리가 들려왔다. 슬픔이나 두려움의 울음이 아닌 울분을 가누지 못하고 터져 나오는 눈물이었다.

"나쁜 놈들! 인간쓰레기 같은 놈들!"

누군가 큰 소리로 말했다. 동시에 몇몇이 밖으로 뛰쳐나갔다. 그들은 다시 도서관으로 돌아오지 않았다. 한참 멍청하게 창밖을 내다

보며, 지금 이 순간이 실제 상황이 아니었길 바랐다. 내가 도서관을 나왔을 때는 석양이 지고 있었다. 도서관 앞 군데군데 최루탄의 잔재들이 쌓여있었다. 아직도 퀴퀴한 냄새가 남아있어 여기저기서 기침 소리가 들렸다. 풀린 다리로 계단을 내려오면서 휘청거리는 나를 발견했다.

그 당시 많은 사람이 꽤 오랜 세월을 군사정권 속에서 숨죽이고 살았다. 경제성장이라는 미명하에 많은 어린 여성 노동자들이 저임금을 받으며, 봉제 공장에서 미싱을 돌렸다. 그들은 밤새도록 일하며, 혹사를 당했다. 절대 권력에 복종하면서 살아오던 젊은이들이 마침내 독재 타도를 외치며 목숨을 건 항쟁을 시작했다. 그때마다 민주주의를 요구하는 젊은이들이 희생되어 갔다. 앞이 보이지 않는 터널 속에서 한 줄기의 빛을 향해 걸어가는 사람들은 자신들의 나약함에 또 절망해야 했다. 나는 대학 시절을 그런 분위기 속에서 보냈다.

내가 메기드를 볼 수 있는 유일한 장소는 그가 한국 관광객을 이끌고 식사를 하러 오는 한국식당이었다. 그날 밤늦게 메기드와 헤어진 나는 한동안 한국식당에서 그를 볼 수 없었다. 나는 이집트의 불행한 현실을 안타까워하면서도 밝은 표정을 잃지 않으려는 그의 모습이 항상 눈앞에 아른거렸다. 힘든 현실을 살아가는 이국(異國)의 한 청년에 대한 연민(憐憫)이 내 가슴을 아프게 했다. 30년 전에 내가 했던 고민을 지금 그가 하고 있다는 것에 동병상련(同病相憐)의 감정을 느꼈다. 나는 메기드와 같은 고통을 느끼는 사람으로 함께 하길 바랐다.

이집트 사태가 심각해지자, 관광객들의 발길도 끊기면서 그를 볼 수가 없었다. 그와 연락이 끊긴 후, 혹시 한국식당에 가면 볼 수 있을까 해서 가끔 찾아갔다. 금방이라도 그가 미소를 띠며, 한국 관광객들과 식당 문을 열고 들어설 것 같았으나, 그는 나타나지 않았다. 그에게 준 명함에 연락처가 있었지만, 핸드폰에서 그의 목소리를 듣지 못했다.

아침마다 사막에서 불어오는 뜨거운 바람으로 카이로의 생활은 날로 더 힘들어지고 있었다. 5월의 꽃향기마저도 모래바람과 함께 했다. 멀리 보이는 나일강에는 유람선들이 떠다니고 있었다. 그날도 비상사태를 선언한 군부 세력들은 '무르시'를 지지했던 세력들을 탄압하고 있었다. 많은 사람이 군부독재 타도를 외치며 거리로 뛰쳐나왔다. 카이로 시내에 있는 '타흐리르' 광장에는 연일 집회가 열렸다. 무슬림들은 알라신의 위대함을 방패로 맞서며 중요한 의무 다섯 가지인 오주(五柱)를 실천함으로써 알라에게 봉사한다고 생각하고 있었다.

어릴 때부터 죽을 때까지 하루에도 몇 번씩 '알라에게 나는 알라 이외에 신이 없음을 증언합니다. 또 나는 마호메트가 알라의 사자임을 증명합니다.'라는 고백을 하고 있었다. 매일 달라지는 예배 시각에 하루에 다섯 번 일출, 정오, 하오, 일몰, 심야에 메카를 향해서 예배를 드렸다. 그들은 재물을 희사(喜捨)했으며, 매년 라마단 기간에 단식하였고, 이슬람 성지를 순례하기도 했다. 그러면서 모든 일은 알라의 뜻대로 이루어지기 때문에 군부의 무차별적인 폭력에 대항해서 순교함으로써 위대한 알라에게 갈 수 있다고 믿고 있었다. 무슬림들은 알라에 대한 믿음으로 이집트의 상황을 뒤집을 수 있다고 믿고 있는 듯했다. 하지만 군부도 만만치 않았다. 체제의 전복을 원치 않는 군부는 알라의 위대함을 외치는 무슬림들을 향해 밤마다 총을 겨누었다. 알라를 부르는 소리가 커질수록 총소리도 더욱 시끄러워졌다.

그런 정세 속에서도 시간은 강물처럼 흐르고 있었다. 뜨거운 모래바람이 걷히기 시작하면서 나일강의 물줄기는 조금씩 약해지고 있었다. 날씨가 더워지면서 시위도 누그러져 가고 있었다. 시내 곳곳에서는 여전히 알라의 위대함은 건재하다는 것을 보여주기 위한 폭탄이 펑펑 터지고 있었다. 그럴 때마다 비밀경찰들은 폭탄 테러한 사람들을 끝까지 추적하여 자신들이 알라보다 더 위대하다는 것을 보여주었다. 테러로 불안한 시민들에게 정부는 소수의 폭력에 무고한 시민들이 죽어간다는 홍보 전략을 펼치기 시작했다. 많은 사람이 정부의 말에 솔깃하면서 이제는 자신들이 믿어야 하는 것은 강력한 정부라는 생각을 갖기 시작했다. 그날은 군부가 더 이상의 폭력은 용납할 수 없다면서 계엄 선포를 했던 날이었다.

오랫동안 '메기드'를 만나지 못한 나는 그날도 한국식당에 있었다. 내가 저녁을 먹고 있을 때였다.

"안녕하세요? 오랜만입니다."

인사를 한 사람은 메기드였다. 그동안 너무 많이 수척해져서 식당으로 들어오는 그를 알아보지 못했다. 그는 백기를 들고 항복하는 패잔병처럼 어깨가 축 늘어져 있었다.

"그동안 어떻게 지냈어요?"

나는 자리에 앉은 그의 어깨를 감싸주며 말했다. 메기드의 눈빛은 내가 처음 보았을 때보다 형편없이 지쳐있고 무력해져 있었다.

"타흐리르 광장에서 텐트를 치고, 한 달 동안 연좌 농성을 하고 있었습니다. 그런데 오늘 새벽에 갑자기 군인들이 들이닥쳐서 텐트를 부수고 주동자들을 체포해 갔습니다."

그는 농성하는 동안 잠을 제대로 자지 못했는지 눈동자가 빨갛게 충혈이 되어 있었다.

"어제저녁에 계엄 선포를 한다는 소식을 듣고 철수하라는 전달을 받았지만, 강경파들은 끝까지 그곳을 사수해야 한다고 했습니다. 오늘 새벽 여명(黎明)이 밝아 오기 직전에 그들이 들이닥쳤습니다."

메기드는 낮은 목소리로 떨며 말했다. 그는 농성 장소가 아수라장이 되는 걸 보고 필사적으로 도망쳐 나왔다고 했다. 많은 사람이 개처럼 끌려가면서도 알라의 위대함을 외쳐댔다고도 했다. 자신은 '곱틱'이지만. 이집트는 종교를 초월해서 군사정권의 재집권을 막아야 한다고 말했다. 50여 년간 이어온 군부독재의 종식을 위해서 이번에는 반드시 '무르시' 대통령의 퇴진을 막아서 국민에 의해 선출된 정당성을 가지고 민간 정권을 지켜야 한다고 했다. 나는 메기드의 말을 들으면서 또다시 30여 년 전의 일들을 반추하고 있었다.

학생들은 매일 시위하면서 정문 밖을 돌파하기 위해 애를 썼지만, 경찰봉을 들고 서 있는 방패들에 의해서 번번이 실패만 하고, 매캐한 최루탄 가스만이 그들의 코를 중독시키고 있었다. 얼마 전까지만 해도 정문 안에서 경찰을 향해 돌을 던지고 있던 학생들이 징집되어 가서 이번에는 반대로 정문 안의 학생들을 향해 최루탄을 쏘아대고 있었다. 그들 자신의 의지와 상관없이 적들이 되어 있었다.

경찰들은 담을 넘어서 골목으로 우회하여 큰길로 진출하려는 학생들을 잡아서 닭장차에 실었다. 사복경찰들은 교내에서 서클 활동을 하는 선배들을 찾으러 다니고 있었다. 그러한 소문이 퍼지면서 선배들은 잠정적으로 활동을 해체하고 은둔하였다. 그 무렵 나는 영장이 나왔다. 2년간 나와 같이 서클 활동을 하면서 형제처럼 지낸 응철이는 군대에 입대하는 나를 배웅했다.

군에서 나는 연일 계속되는 폭동진압 훈련으로 지쳐있었고, 폭도들에 대한 분노가 가슴을 폭발시키기 직전이었다. 시위대는 맹수가 되어 성난 목소리로 자유를 부르짖었고, 진압군은 포수가 되어 시위대를 무차별하게 사냥했다. 응철이는 진압군이 폭도라고 부르는 시위대의 앞 대열에 있었고, 그렇게 포획한 먹잇감 일부가 응철이었다는 것을 체포 과정에서 알게 되었다. 젊은이들이 서로 시위대와 진압군으로 맞서는 비극이 벌어지고 있었다.

내가 응철이 생각에 잠겨있을 때, 메기드는 인사 없이 식당을 떠났다. 그날 이후, 그가 내게 전화를 한 것은 '타흐리르' 광장에서 빠져나온 지 며칠이 지난 후였다. 메기드는 이집트의 불행을 막을 수만 있다면, 자신이 '곱틱'이라도 알라의 위대함을 인정하고, 무슬림들이 알라가 유일한 신이라고 고백하는 일을 받아들일 수 있다고 말했다. 그렇게 해서 이집트인들이 자유와 평화를 얻을 수만 있다면, 종교를 문제 삼고 싶지 않다고 말했다. 메기드는 그때 카이로 람세스 광장의 '알파트' 모스크에는 수천 명이 모여서 군부독재 종식을 위해서 기도하는 중이라고 말했다.

이슬람교의 모스크는 단지 공동으로 기도 의식을 하는 자유 공간일 뿐이었다. 신상(神像)이나 제단을 불허하고, 신비한 장면, 종교적 의례도 없었다. 모스크는 매우 단순한 구조로 되어있었다. 건축양식에 특별한 방식과 예식도 없었다. 건물 내부에는 메카의 방향을 나타내는 '끼블라'가 있을 뿐이었다. 교도들은 자리에 앉아 코란을 외면서 예배를 드렸다. 모스크는 내적인 세계를 구현하기 위한 장소로 신분 계층에 상관없이 자유롭게 들어갈 수 있었다. 넓은 양탄자를 깐 공간은 그들과 알라와 유일하게 만날 수 있는 공간이었다. 생과 사가 구분되지 않는 그런 지점이었다.

"지금 여기는 많은 사람이 침묵 속에서 코란을 암송(暗誦)하면서 기도하고 있어요. 여기 분위기는 차분하고, 사람들도 평화스러워 보여요. 밖에는 수많은 군인이 총격전에 대비해서 곳곳에 저격수들을 배치한 모습이 눈에 띄고 있어요. 결사의 항쟁을 준비하면서도 이곳에 모여 있는 사람들은 전혀 동요가 없습니다."

전화선을 타고 들려오는 메기드의 목소리는 긴장하고 있었으나 침착했다.

알라만이 이집트를 구원할 수 있다고 믿고 있는 사람들 속에 그도 함께 있었다.

"당신은 '곱틱'으로 이교도인데, 그들이 당신의 진정성을 받아들일까요?"

'곱틱'들은 의상이나 생김새로 구분이 되었다. 종교의식의 차이가 큰데, 쉽게 종교적 동화가 될 수 있을지 의문이었다.

"당신의 애국심은 얼마든지 나중에라도 증명할 수 있으니, 그 자리를 빨리 빠져나오세요."

나는 메기드에게 그곳에서 나오라고 재촉했다. 그는 그 어떤 것도 자신의 신념을 무너뜨릴 수 없다고 단호하게 말했다. 이번 군부의 탄압에 대해서 무슨 일이 있어도 물러설 수 없다고 마음을 굳히고 있는 듯했다. 내가 가장 염려했던 것은 그런 메기드가 자칫하면 군부의 스파이로 오해를 받을 수 있다는 것이었다. 나는 그가 진심으로 그곳에서 빠져나오기를 바랐다.

나는 메기드가 걱정이 되었다. 이집트의 문제가 종교와는 무관하다는 것을 증명하기 위해서 그는 '알파트' 모스크로 들어갔던 것일까? 이집트의 과거 정권이 '곱틱'들에 의해서 지배되었다는 것을 부정하기 위해 그는 무슬림과 함께 있었던 것일까?

지난 수십 년간 지구상에는 많은 사람이 종교적 이념과 정치적 이

데올로기 속에서 사라져 갔다. 그들이 원했던 것은 오직 한 가지 역사 속의 진실이었다. 그 진실을 다른 것으로 바꿀 수 있는 것은 아무것도 없다고 믿었을 것이다. 다만 역사 속에서 그들의 희생이 옳았다는 것을 증명해 주기를 바랐을 것이다. 그래서 그들이 치른 희생으로 후세들에게는 더 좋은 세상을 만들어 줄 수 있다고 믿었을 것이다.

메기드의 전화는 그렇게 내 의식 속에 잠재되어 있던 기억을 자꾸 끄집어내었다. 30여 년 전 광주에서 벌어졌던 사건을 통해서 나는 박 상병이 떠올랐다.

시위가 극도로 다다랐을 때였다. 새벽 기상 음악에 점호를 위해서 연병장으로 뛰어나갔다. 고참들의 눈초리가 그날따라 이상하게 느껴졌다. 긴장감이 돌았다. 점호를 취하면서 대열을 봤을 때 1개 소대가 없었다. 전날 저녁까지만 해도 같이 식사하고, 취침 점호 준비를 했던 소대였다. 이상한 생각이 들었다. 그 소대는 폭동진압 당시 제일 먼저 출동하는 화학소대였다. 그 소대의 대원들은 자기가 맡은 임무에 대해 누구에게도 발설할 수 없었다. 보안 검열에 걸리면 영창을 갈 수 있었기 때문에 항상 보안 교육을 철저히 했다. 화학 소대가 부대로 복귀한 것은 그날 오후 늦은 시간이었다. 그들은 지친 모습으로 화학 장비를 정리하고, 저녁을 먹기 위해서 식당으로 왔다.

"박 상병! 무슨 일이 있었나?"

박 상병은 나와 입대 동기였다. 박 상병은 구수한 전라도 사투리로 나를 항상 웃겼다. 어릴 적 광주 무등산 철쭉, 진달래꽃을 보면서 친구들과 뛰어놀던 일, 양동시장에서 어머니 손을 잡고 따라가서 맛있는 음식을 먹던 일, 광주도청에 근무하는 아가씨와 사귀다 결국 헤어진 일들을 한 편의 소설처럼 이야기해 주었다.

"아무 일 없었어……."

말끝을 흐리는 박 상병의 눈가에는 이슬이 맺혀 있었다. 화학 소대가 출동한 일이 있은 지 한 달 후 비상이 풀렸다. 면회와 외박이 재개되었다. 그동안 영내(營內)에서는 소문이 떠돌고 있었다. 화학 소대가 그날 새벽 북악산에 있는 헬기장에서 헬기를 타고 남쪽으로 가는 것을 보았다는 것과 다음 날 광주 사태가 전남도청 진압 작전으로 마무리가 되었다는 것이었다. 나는 그날 이후 박 상병이 왜 그렇게 침묵으로 일관을 했는지 알 수 있었다. 박 상병은 제대할 때까지 재미있는 이야기를 하기는커녕 줄곧 나를 피하면서 침묵으로 일관했다. 박 상병은 제대하면 고향인 광주로 내려간다고 말했다. 그것이 내가 박 상병을 본 마지막이었다.

메기드 생각으로 머릿속이 혼란스러울 때 핸드폰이 울렸다. 나는 메기드가 한 전화일지 모른다는 생각에 얼른 수화기를 집어 들었다.

"오늘 아침에 뉴스를 보니까 카이로 시내에 있는 사원에서 군인들의 진압 작전으로 많은 사람이 죽었다고 하던데 괜찮으냐?"

내 안부를 걱정하는 한국에서 걸려온 어머니의 전화였다. 어머니는 내가 대학에 다닐 때도 그랬다. 시위대에 참가하지 말라고, 군대에 있을 때는 밖이 시끄러우니 몸조심하라고 그리고 지금 또다시 멀리 있어 눈으로 직접 볼 수 없는 아들을 위해 같은 걱정을 하고 있었다.

"어머니, 여기는 안전해요. 문제가 있는 지역은 여기서 멀어서 괜찮아요."

나는 그런 어머니에게 30년 전처럼 똑같은 대답을 했다. 어머니는 그래도 안심이 안 되는지 몸조심하라는 말을 수십 번 되풀이하고 나서야 전화를 끊었다. 내가 메기드에게 하고 싶은 말도 어머니처럼 부디 몸조심하라는 당부였다. 하지만 그는 이집트의 군부독재 항거가 종교와 무관하다는 것을 증명하기 위해 '곱틱'이면서도 '알파트' 모스크에서 그렇게 알라에게 영원히 가버렸다.

나와 메기드가 만난 기간은 짧았지만, 내가 그를 통해서 맡은 자스민 향기는 지금도 내 영혼 깊이 스며들어 있다.

| 異國의 이야기 |

카잔의 추억

나는 모스크바행 비행기를 타고 상공에 떠 있는 동안, 20여 년 전 러시아를 처음 방문했을 때를 회상한다. 그때도 지금처럼 갑작스럽게 떠나게 된 출장이었다. 출장은 항상 내 마음을 설레게 했지만, 이번 방문은 또 다른 설렘으로 다가온다. 낯선 곳의 두려움을 느끼면서 처음 모스크바에 갔던 기억이 어제처럼 떠오른다. 공항을 빠져나갔을 때, 사회주의 국가라는 것을 실감 나게 하던 이국의 풍경은 지금도 내 머릿속에 선명하게 각인되어 있다.

하얀 피부색에 무표정한 얼굴로 어릴 적 늑대를 연상시키던 낯선 이국인들이며, 내가 알아듣지도 못하는 러시아어로 방문 목적을 물어보던 입국 심사관, 범죄자를 취조하듯 싸늘한 분위기에서 이루어진 입국심사도 잊히지 않는다. 공항을 나가면 다시는 돌아올 수 없을 것 같은 불안감도 있었다. 그리고 내 눈앞에 아련히 스쳐 가는 얼굴이 있었다. 바로 20여 년 전 내가 만났던 알라였다.

문을 열고 사무실 안으로 들어섰을 때, 평소와는 다른 상황이 감지되었다. 텔렉스가 요동을 치며, 바쁘게 작동하고 있었다. 약어로 표기되는 텔렉스 카피가 데스크 위로 쏟아져 내리고 있었다. 그런 분위기로 보아서는 당장이라도 전쟁에 병사가 투입되어야 할 만큼 긴박한 전운이 감도는 격전지를 연상케 했다.

"지금 당장 내 방으로 와요."

본부장이 내게 전화를 했을 때는 긴박한 분위기가 무엇을 의미하는지 미처 파악하기도 전이었다. 전화선을 타고 들려오는 본부장의 목소리는 일상적인 업무를 지시할 때와는 사뭇 달랐다. 낮은 저음으로 빠르게 뱉어내는 본부장의 어투로 보아 매우 중요한 문제가 생겼다는 것을 암시하고 있었다. 전화기를 내려놓자마자, 나는 곧바로 본부장 방으로 달려갔다.

"다음 주 러시아에 출장 갈 일이 있으니 준비해 두게."

본부장은 마땅히 해외 출장 목적이나 기간에 대한 한 마디 설명도 없이, 툭 내뱉듯이 던졌다. 그건 본부장만의 독특한 스타일이었다. 나와 본부장 사이에는 몇 초간 정적이 흘렀다. 나는 그런 침묵 상태에서 이 출장의 목적을 유추했다.

옐친 대통령이 한국을 방문하고 돌아간 후, 정부는 러시아와 수교를 맺기 위해서 경제협력 차관을 진행하는 중이었다. 회사에서는 러시아를 잠재적 시장으로 보고 있었다. 해외시장 확대를 위해서 그룹 차원에서 러시아 진출을 준비하고 있었다. 본부장이 내게 러시아 출장을 명령한 것은 그런 문제와 무관하지 않을 듯했다.

"출장 목적과 기간만이라도 알려 주십시오."

본부장만의 독특한 스타일에 익숙해 있는 나로서는 그렇게 말할 수밖에 없었다.

"러시아 자동차공장 인수 건으로 2주 후 회장님께서 현지로 출장할 예정이네. 그러니 자네가 미리 가서 불편함이 없도록 사전 준비를 해 놓아야겠어."

본부장의 말에 나는 어머니의 모습부터 떠올렸다.

어머니는 혼기가 지난 내가 결혼을 하지 않고 일에만 매달리고 있어, 자나 깨나 걱정하고 있었다. 오늘 아침 출근하기 위해 집을 나설 때도 어머니는 입버릇처럼 달고 계시는 나의 결혼문제를 들먹이면서 한숨을 내쉬었다. 어머니에게 나는 하나밖에 없는 외아들이자 돌아가신 아버지를 대신하는 정신적 기둥이기도 했다. 누이들은 벌써 시집을 가서 애들이 중학교에 다니고 있는데, 너는 여태 뭐 하냐면서 친손자가 보고 싶은 간절한 열망을 그렇게 내비치었다.

홀어머니에 외아들이라는 내 조건은 아무나 선뜻 결혼하겠다고 나설 수 있는 자리가 아니었다. 어머니를 모셔야 한다는 조건을 내걸면, 여자들은 대번에 난색을 했다. 그런 몇 번의 경험이 내가 결혼에 대한 생각을 회의적으로 만들었다. 결혼의 목적이 자식을 낳기 위한 것만은 아닌데, 어머니가 간절히 요구한다고 할 수 있는 것은 아니었다.

나는 결혼을 당위성으로 하는 것이 아니라 사랑이 전제된 것이어야 한다고 생각했지만, 오매불망(寤寐不忘) 손자를 낳아줄 여자를 데리고 오기만을 목을 빼고 기다리는 어머니였다. 출장 이야기를 꺼내면 '장가가라는 잔소리 듣기 싫어서 이제는 아주 멀리 도망가는구나.'라고 자의적인 해석을 하고는 삐칠 어머니를 생각하니 입이 떨어지지 않았다.

본부장이 그런 나를 출장 보내기로 한 것은 러시아를 여러 번 다녀온 경험과 사장 비서로 있었던 내 직책을 고려한 후 내린 결정 같았다. 해외사업은 선배들이 '전투'라고 표현할 만큼 피아식별이 안되는 일이었다. 진지를 구축하고, 새로운 사업을 확보해야 하는 일은 여간 힘든 일이 아니었다. 그런 만큼 야전의 전투 경험과 특수부대 출신 '전사'의 경력이 있는 내가 이번 출장에는 적임자로 본 듯했다. 어쨌든 나는 이번 출장에서 빠져나갈 구멍은 없어 보였다.

나는 밤늦게 모스크바에 있는 호텔에 도착했다. 늦은 시간에 화려한 조명과 고전적인 장식이 인상적인 카페에는 많은 사람으로 북적대고 있었다. 밤이 되면 기온이 더 떨어져서 추위를 피해 들어온 사람들도 있었고, 매춘 행위를 위해 왔을 인터걸로 짐작되는 여자들도 눈에 띄었다. 한 여자는 동양인인 내가 낯설지 않은 듯이 유혹의 미소를 보냈다. 출장을 떠나기 전날, 회사 선배들이 러시아에서 인터걸은 KGB와 연결되어 있으니 조심하라던 말을 떠올리면서 카페를 나왔다.

호텔 방 유리창에는 모스크바강이 흐르고 있었다. 강물 위에 떠있는 달빛, 주변의 빌딩에서 새어 나오는 불빛 그리고 나트륨 가로

등에서 퍼져 나오는 붉은빛이 조화를 이루며 모스크바 밤의 아름다움을 과시했다. 그 풍경은 고스란히 내가 서 있는 창문에 판화처럼 찍혔다. 나는 야경을 음미하면서 냉장고에 들어 있는 보드카를 꺼냈다. 처음 마셔보는 보드카는 차갑게 목구멍을 타고 들어와 온몸으로 퍼지면서 따뜻함을 느꼈다. 모스크바의 첫 밤은 보드카와 함께 지나갔다.

모스크바의 세레메티예보 공항에서 카잔으로 떠난 것은 다음 날 오후였다. 국내 여객기에 탑승하자 기내에는 적재물과 승객이 뒤섞여 정신이 없었다. 뒤에 있던 큰 개가 오줌을 눴는지 물이 흐르고 있었다. 정신을 차리고 비행기 창가를 보니 우랄산맥이 지나가고 있었다. 조금 후, 얼어붙은 볼가강이 하얗게 다가왔다. 기내 방송에서 러시아말로 무슨 말을 하고 있는데, 카잔이란 말이 어렴풋이 들렸다. 곧 카잔에 도착할 것 같았다. 정신없이 짐을 챙겨 공항을 빠져나왔을 때는 거리에 어둠이 깔리기 시작했다. 주변에는 가로등 불빛만이 어둠을 밝히고 있었다. 추위를 막기 위해 두껍게 쌓은 벽돌 건물들이 간혹 보였고, 열기가 새는 것을 방지하기 위한 듯 창마다 드리워진 두꺼운 커튼으로 빛이 차단된 거리는 암흑에 가까웠다. 어둠 속으로 들어가고 있다는 약간의 불안감이 엄습했다.

회사 현지 직원으로 모스크바에서 동행한 스베틀라나와 시내 중심에 있는 임시 숙소 겸 사무실로 사용할 호텔에 여장을 풀었다. 그녀에게 현지에서 통역을 도와줄 사람이 로비에서 기다리고 있으니 곧바로 내려오라는 전화가 왔다. 호텔 로비에는 스베틀라나 옆에 인상이 좋아 보이는 한 여성이 같이 있었다.

"카잔 대학의 영문학과 교수인 알라 씨입니다. 앞으로 카잔에서 우리 사업을 도와주실 분입니다."

스베틀라나가 여자를 간략하게 소개했다.

"즈드라스부이쩨. (안녕하세요.)"

그녀가 나에게 러시아말로 인사를 했다. 러시아 회화책을 급하게 구해서 보지 않았다면 그녀의 말을 알아듣지 못했을 것이다. 밤늦은 시간임에도 불구하고 호텔까지 찾아와 준 알라와 나의 첫 만남이었다. 나이는 30대 중후반으로 짐작되었고, 단정한 외모와 이지적으로 보이는 표정이 첫눈에도 신뢰감이 느껴졌다. 육감적인 몸매는 또 다른 매력으로 다가왔다. 교수의 자태가 느껴졌다. 그날 나와 알라는 늦은 시간이라 간단한 인사만 나눈 후, 다음 날 자세한 이야기를 하기로 하고 곧바로 헤어졌다.

숙소를 겸해 임시사무실로 사용하고 있는 호텔은 카잔 중심에 있었다. 보안은 잘 되어 있었으나, 밖에서 가끔 들려오는 총소리에 밤늦도록 나는 잠을 설쳐야 했다. 새벽에야 겨우 깊은 잠에 빠져들었던 나는 늦잠을 자고 말았다. 잠을 깨운 것은 전화벨 소리였다. '깍젤라? (안녕하세요?)'라는 말이 들려왔다. 어젯밤에 만났던 알라였다. 나는 그제야 어젯밤 헤어지기 직전 오전 9시에 그녀와 만나기로 한 약속을 기억해 냈다. 그녀의 집은 내가 묵고 있는 이 호텔에서 10여 분 떨어져 있는 주택가에 있어, 출발 전 내게 미리 전화를 한 것이라고 했다. 나는 허겁지겁 샤워하고, 임시 사무실인 비즈니스센터로 내려갔다. 알라는 9시 정각이 되자 사무실로 들어왔다.

"어젯밤 잠자리가 불편했나 봐요?"

알라는 내가 잠을 설친 것을 아는지 부담을 주지 않으려고 상냥하게 인사했다.

"오늘은 본사 일행의 출장 계획을 협의할 예정입니다. 정부 관계자 면담을 최대한 빨리 주선해 주시기 바랍니다."

그녀에게 엄격한 모습으로 대하려고 일부러 본론으로 들어갔다. 스베틀라나는 알라에게 오늘 일정을 말했다. 나는 카잔으로 오는 비행기 안에서 스베틀라나로부터 들은 알라의 신상을 상기했다. 알라의 남편은 현지 변호사로 최근 옐친 대통령에 대해 과격한 발언을 했던 카잔 마피아 두목의 변호를 맡고 있다고 했다. 스베틀라나는 알라가 현지 정부 관료들과 인맥을 맺고 있지만, 남편이 맡은 카잔 마피아의 변호로 우리의 사업에 영향을 받을지 모르니 조심해야 한다는 당부도 잊지 않았었다.

스베틀라나는 그날 오후에 모스크바로 돌아갔다. 이번 프로젝트 건으로 한국 본사의 업무지원을 위해 자리를 비울 수 없는 상황이었다. 그녀에게는 다음 주면 카잔에 도착하는 본사 출장 팀을 안내해야 할 일도 기다리고 있었다. 그날 이후로 나는 알라와 둘이서 모든 일을 해야 했다. 오전에 타타르스탄 자치공화국 정부 대외협력국장과 미팅 약속이 잡혀있었다. 나는 알라와 함께 타타르스탄의 정부 조직에 대한 파악과 대외협력국장과 협의해야 할 어젠다를 하나씩 정리했다.

대외협력국 사무실로 들어갔을 때, 외국의 영화에서 본 듯한 체격이 건장하고 멋진 남자가 우리를 맞아주었다. 그는 큰 키에 적당히 기른 수염과 날카로운 눈빛으로 나를 단번에 압도해 버렸다. 그가 국장으로 있는 대외협력국은 타타르스탄 정부의 창구 역할을 하는 곳으로 정부의 모든 정보를 총괄하고 있었다. 또한 정부 관련 인사를 접촉하기 위한 공식 채널로써 사회주의 국가에서는 주요한 조직이었다.

“안녕하십니까? 타타르스탄 공화국 방문을 환영합니다.”

매력적인 대외협력국장이 내게 악수를 청하면서, 명함을 내밀었다. 명함에 적혀있는 그의 이름은 ‘알렉세이’였다.

“현지 투자 제안을 위해서 이번 한국 기업의 방문에 타타르스탄 정부는 상당히 고무되어 있습니다.”

나와 알렉세이가 대화를 주고받으면 옆에서 알라가 통역해 주었다. 영국식 발음의 정통 영어를 하는 알라의 통역이 알렉세이에게도 잘 전달되고 있는 듯했다. 나는 알렉세이를 상대로 회사 소개와 방문 목적에 관해서 설명했다. 알렉세이는 본사 회장 일행의 방문에 대해서 이번 주까지 기본적인 일정을 주겠다고 하였다. 나는 그런 알렉세이가 이번 자동차공장 인수사업에 중요한 역할을 할 수 있는 거물급 인물이라는 것을 감지할 수 있었다.

사무실로 돌아오는 길에 알라의 안내로 카잔대학교를 방문하게 되었다. 카잔 대학은 러시아에서 두 번째로 오래된 대학으로 '레닌'과 '톨스토이'가 공부했던 대학이라고 그녀는 자랑스럽게 말했다. 대학 캠퍼스는 그리 크지 않았지만, 200년이 넘은 중세의 건물들은 웅장하고 고색창연한 옛 모습을 그대로 보존하고 있었다. 건물 지붕 아래로 해가 떨어지면서 캠퍼스 분위기는 무척이나 스산해 보였다.

나는 알라와 저녁을 먹으러 식당으로 갔다. 러시아의 식당은 서유럽과 비교해서 약간 목가적인 분위기였다. 추위를 막기 위한 듯 건물 벽은 상당히 두꺼웠다. 실내장식은 슬라브인들에게서 풍기는 모습과 비슷하게 별다른 장식이 없이 썰렁했다. 촉수 낮은 조명이 아늑한 분위기를 조성하고 있었다. 웨이터가 놓고 간 메뉴판에는 러시아말로 되어 있어서 고를 수 있는 음식은 하나도 없었다. 메뉴판만 보고 있는 나에게 그녀가 어떤 종류의 음식을 좋아하느냐고 물어왔다. 한국에서 가져온 라면을 호텔에서 끓여 먹다가 냄새가 난다는 항의를 받았을 만큼 러시아 음식이 입에 맞지 않았다. 나는 그녀에게 한국 음식이 그리워진다고 말했다. 그러자 알라가 웨이터를 부르더니 뭔가를 설명했다.

"샤실릭과 솔랸카를 주문했는데, 어느 정도 입에 맞을 겁니다."

알라는 샤실릭은 양고기를 기다린 쇠꼬챙이에 꽂아서 숯불에 구운 요리이고, 솔랸카는 토마토소스와 고기로 끓인 수프라고 말했다. 먹어보니 알라의 말대로 내 입맛에 어느 정도 맞았다.

나는 식사를 하면서 알라에게 가족 이야기를 들었다. 남편은 모스크바대학에서 공부했고, 이곳의 판사로 근무하다가 최근에 변호사

일을 한다고 했다. 10살 된 외동딸 있다고 하면서, 남편에 대한 민감한 이야기는 언급하지 않았다.

"가족은 어떻게 되나요?"

알라도 내 가족 사항에 관해 물었다.

"어머니와 단둘이서 살고 있습니다."

나는 아들 걱정에 잠을 이루지 못하고 있을 어머니 생각을 하자 마음이 편치 않았다. 그런 내 표정에 알라는 괜한 말을 물었다는 듯 화제를 다른 곳으로 돌렸다.

카잔의 긴 겨울이 지나고, 계절이 바뀌고 있었다. 사람들은 두꺼운 겨울옷을 벗고 가벼운 차림으로 다니기 시작했다. 카잔의 봄은 볼가강에 얼음이 녹으면서 시작된다고 하더니 정말 그랬다. 며칠 동안 장대 같은 비가 내리면서 볼가강에 두껍게 얼어있던 얼음을 녹여버린 것이다. 얼었던 강물이 속살을 드러내기 시작하면서 거대한 수증기가 발생했다. 수분을 품고 있는 따듯한 공기가 나무와 풀에 생명력을 불어넣으면서, 푸른 싹들이 돋아났다.

카잔에서 생활은 일이 아니면 외로움과의 싸움이었다. 그동안 나는 본사 회장 일행의 방문을 계기로 타타르스탄 정부의 적극적인 지원에 힘입어 자동차공장 인수사업을 본격적으로 진행했다. 알라는 업무와 관련된 일 외에도 나에 대해 신경을 써주었다. 나에 대한 측은함과 고독감이 그녀에게 보였을 것이다. 그녀의 배려가 가슴으로 와닿기 시작했다.

나는 자동차공장 인수 작업의 정보를 얻기 위해서 알렉세이와 식사 자리를 만들었다. 알렉세이는 영어를 잘했지만, 그의 언행에 대해서 확인도 할 겸해서 알라도 동행했다. 알렉세이는 나에게 얼마 전 모스크바 중앙정부 부총리가 수상에게 전화했었다는 말을 전했다. 수상은 모스크바 중앙정부에서 파견한 인물이었다. 러시아 자치공화국의 수상은 실제로 중앙정부에서 임명하여, 그 자치공화국을 통치하는 실세였다. 알렉세이는 정확한 내용은 알 수 없었지만, 자동차공장 인수 건에 대한 지침을 하달한 것 같다고 말했다. 중앙정부의 지침이 곧 이번 사업의 결정 사항이었다.

러시아 정치 상황은 경제 상황과도 맞물려가는 중이었다. 어려워지는 국내 경제를 더 이상 방치할 수 없는 실정이었다. 화폐 개혁까지 단행하면서도 뒤숭숭한 민심을 수습하기 어렵다는 판단이 들자, 옐친 대통령은 극단적인 경제 조처를 하고 있었다. 어느 사회에서나 강자가 정의로 포장되기 마련이었다. 약자는 그런 강자를 규탄하며 정의를 부르짖게 된다. 강자의 세계에서는 약자의 규탄을 저지하기 위해 더욱 냉정해지고, 잔인해진다. 그것은 필요악인 생존의 싸움이었다. 한때는 강자였던 러시아도 이제는 약자의 정의 앞에 무릎을 꿇고 있었다.

알렉세이는 중앙정부가 미국 측 회사에 자동차공장 인수권을 주려는 의도가 있는 것으로 짐작된다고 했다. 자동차공장 인수사업은 불길한 방향으로 전개되어 가고 있었다. 나는 이러한 사실을 본사에 보고했다. 본사가 러시아 중앙정부와 타타르스탄 자치공화국 간의 헤게모니에 대해서 정확히 모르고 있는 것에 답답함을 느꼈다. 나는 그동안 애써 진전시켜 놓은 일들이 물거품이 될지도 모른다는 생각이 들기 시작했다.

러시아의 5월은 한국의 5월과는 또 다른 느낌이었다. 울창한 숲에 하얀 눈꽃이 만발했던 풍경을 지우고, 초록 물감으로 채색하고 있었다. 나와 알라 사이에도 봄의 기운이 감돌고 있었다. 타국에 혼자 나와 있는 나의 외로움을 토닥거려 주는 알라의 마음에 끌려가고 있었다. 폭풍처럼 몰아쳤던 일들이 해결되고 마음의 여유가 생기면서 외로움은 눈덩이처럼 커졌다.

"이번 주말에 볼가강 뱃놀이 같이 갈까요?"

무료한 주말을 혼자 보내는 나를 위해 알라는 그런 제안을 했다. 그녀는 남편이 모스크바 출장 중이니 부담이 없다는 말도 했다.

"볼가강의 뱃놀이가 상당히 기대되네요."

나는 알라의 제안을 받아들였다. 볼가강은 강폭만 2㎞에 달해 바다처럼 도도한 모습으로 흐르고 있는 러시아의 젖줄이었다.

알라는 양고기 바비큐에 필요한 음식들을 준비했다. 배는 강 하류로 서서히 움직였다. 배 안의 작은 선실에는 쉴 수 있는 공간이 있었고, 배 앞머리에는 바비큐에 필요한 화로와 숯이 준비되어 있었다. 배가 움직이자 훈풍이 불어왔다. 주변의 작은 섬들은 떠나가는 배를 배웅하듯 말없이 바라보고 있었다. 강변을 타고 펼쳐져 있는 숲에서는 새소리도 들려왔다. 가끔 이름 모를 물고기들이 물속에서 튀어오르며, 우리와 인사를 나누기도 했다. 알라가 멀리 보이는 교회를 가리켰다.

"저 건물이 타타르스탄에서 가장 오래된 교회입니다."

"얼마나 오래되었나요?"

"키예프에 있는 교회가 가장 오래된 교회인데 991년에 세워졌고, 약 300년 후에 세워진 교회죠."

알라는 키예프에서 태어나, 아버지가 카잔으로 발령을 받아서 30여 년 전 어릴 적에 이곳에 와서 자랐다고 했다.

"처음 이곳에 왔을 때는 낯설기도 했지만, 키예프와는 다른 이슬람교와 문화 차이로 힘들었습니다. 학교에 가면 다른 모습의 친구들이 자기끼리 어울리며 같이 놀아주지를 않았죠. 그래서 항상 외톨이가 되어서 지금도 가까운 친구들이 없어요. 외로움이 싹텄던 것이 그런 어린 시절부터였던 것 같아요. 내가 어울릴 수 있는 사람은 늘 가족뿐이어서 가끔 같은 고향 사람들을 만나면 해방감을 느끼곤 했죠."

유년 시절을 외로움으로 힘들게 보냈다는 알라의 말에 나는 연민의 감정을 느끼게 되었다. 알라는 외로움 따윈 상관없는 강한 여성이라고 생각했었다. 그녀가 여린 구석을 내보이자 새롭게 다가왔다. 알라는 뱃머리에서 신선하게 보이는 양고기를 벌겋게 타는 숯불에 구웠다. 알라는 보드카도 꺼내 나와 술잔을 부딪쳐가면서 '다드나!(건배)'를 외쳤다. 잔을 비우는 횟수가 늘어갈수록 두 사람 사이를 유지하고 있던 긴장의 거리가 급격하게 무너져 가고 있었다.

나의 시선은 블라우스의 단추가 풀려 드러난 알라의 가슴을 더듬고 있었다. 바람이 불 때마다 알라의 가슴은 점점 더 노출되었다. 그동안 내 몸속 깊숙이 잠자고 있던 애욕이 빗장을 풀고 강하게 고개를 쳐들고 있었다. 그녀와 나의 눈길이 마주쳤다. 모든 일은 한순간에 일어났다. 알라를 포옹했다. 알라의 가슴에 귀를 대자, 폭포수가 아래로 떨어질 때처럼 격렬한 심장 뛰는 박동 소리가 들렸다. 나는 알라와 뜨거운 입맞춤을 나누면서 몸속 깊이 빠져 들어갔다.

"야 류불류 바스. (사랑해요.)"

세상에서 가장 하기 힘들고, 어려운 말을 알라가 내뱉었다. 그동안 알라가 내게 보여줬던 도도함과 의연함이 한순간 무너져 내리는 것이 안쓰러울 정도였다. 제한적인 언어, 다른 문화와 이념 속에서 살아온 사람들이 느끼는 감정이 한순간에 이렇게 하나로 엮일 수 있다는 것이 놀라웠다. 나는 알라가 술에 취한 것이 아니라, 사랑에 취한 것이기를 바랐다. 알라의 신념이 무너지는 것이 아니라, 외로움이 무너지는 것이기를 바랐다. 나락으로 빠져들었던 나 자신을 진정시키며, 알라에게 키스를 해줬다.

"가족 이외에 나 자신을 온통 내보이기가 쉽지 않은 일인데……."

알라는 말끝을 흐렸다.

"가족들과 무슨 문제가 있나요?"

"가족에게는 문제가 없죠. 적어도 남들이 보기에는 아주 정상적으로 보이는 가정생활을 하고 있으니까요. 하지만 그 생활은 내가 원하는 생활은 아니죠. 강요된 생활이었죠. 이념의 강요, 체제의 강요,

그런 억압이 내게는 참을 수 없는 고통이죠."

알라는 공무원으로 살아온 아버지와 냉정하리만큼 공산주의 사상에 빠진 남편에 대한 불만을 내게 그렇게 토로했다. 그런 남자들만 보다가 사상이나 체제에 얽매이지 않고, 자유스럽게 생각하고 행동하는 나를 보니 부럽기까지 하다고 말했다. 통제된 사회에서의 답답한 일상과 자신을 억압하는 이념의 세계에서 탈출하고 싶다는 알라의 말을 나는 어느 정도 이해할 수 있었다. 알라의 커다란 눈에서 이슬 같은 눈물이 맺혀 있었다. 그 눈물의 의미를 알 것 같았다.

나는 알라와 볼가강 뱃놀이 이후에도 러시아어를 배우면서 카잔 생활을 즐기고 있었다. 가끔 그녀의 집으로 초대되어 남편과 같이 저녁 식사를 하기도 하고, 내가 있는 숙소로 그녀가 찾아오기도 하는 줄타기를 하고 있었다. 나는 알라와 발레를 보고, 문학을 토론하면서 러시아의 문화에 깊이 빠져들었고, 알라에게 한국의 문화와 역사에 대해서도 이야기해 주었다. 나를 통해서 고독과 외로움을 어느 정도 해소할 수 있었다는 알라에게 나는 무엇이든 해주고 싶었다. 알라만 원한다면 일시적 욕망이 아닌 영원한 사랑으로 남고 싶었다.

며칠 후, 본사에서는 내가 우려했던 대로 러시아 진출을 위한 핵심사업으로 진행하려던 자동차공장 인수사업을 중단한다는 전문을 보내왔다. 러시아 중앙정부에서 미국의 경쟁사에 협상권을 부여했다는 내부 방침에 따라 더 이상 진전시킬 수 없게 되었다. 현재 추진 중인 백화점 사업에 대해서는 러시아 전국망으로 확대하라는 지침이 내려왔다. 러시아 국영백화점의 본사가 있는 고리키(니즈니노보그라드)로 출장을 다녀오라는 지시를 받았다.

나는 고리키에 알라를 데리고 가고 싶었지만, 이 사업을 담당하고 있는 현지 직원과 함께 출장을 갔다. 고리키에 도착한 저녁에 알라에게 보고 싶다는 전화를 받았다. 나는 그런 그녀에게 사랑을 느끼며, 품에 안겨 그녀의 향기를 맡고 싶었다. 빨리 카잔으로 돌아가고 싶었으나, 백화점 매장을 러시아 전역으로 확대해서 추진하는 일은 결코 쉽지 않았다. 일주일 꼬박 채우고 나서야 마무리를 지을 수 있었다. 고리키에서 보낸 일주일이 1년처럼 길게 느껴졌다. 출장에서 돌아온 나는 본사에 출장 보고서를 보내고, 곧바로 알라가 기다리고 있는 식당으로 달려갔다.

"고리키는 어땠어요?"

같은 볼가강에 있는 도시이지만, 카잔과는 다른 모습이었다. 러시아의 순수혈통인 엘리트만 살 수 있는 도시였고, 러시아 최대의 군수 시설이 있는 곳이어서, 얼마 전까지만 해도 러시아인들도 비자를 받아야 들어갈 수 있는 통제 지역이었다. 구름 위에 떠 있는 도시처럼 꿈속에서 볼 수 있고, 동화 속에 나오는 신비스러운 분위기를 지니고 있었다.

"그곳의 거리는 깨끗했고, 묵었던 호텔은 오래된 성처럼 웅장했어요. 방이 너무 넓어서 저녁에는 무서웠습니다. 하얀 색깔로 포장이 되어 있는 도시였습니다. 사람들의 모습도 그랬고, 거리의 건물들도 그렇게 보였습니다."

나의 말에 알라는 활짝 웃었다. 그녀는 꿈을 꾸는 듯한 눈빛으로 내 이야기에 취해 있었다. 그녀는 오래전부터 평범한 대화와 일상이 감동을 주는 생활을 꿈꿔왔다고 했다. 나는 그날 밤을 그녀와 함께 보냈다.

어느덧 볼가강의 강바닥이 얼어붙기 시작했다. 백화점 사업으로 분주한 나날을 보내고 있던 어느 날, 본사로부터 한 장의 전문을 받았다. 현재 진행 중인 백화점 사업을 모스크바 사무소에 인수인계하고, 러시아에서 철수하라고 했다. 현재 자동차공장 인수를 추진하고 있는 루마니아로 가라는 지시였다. 자동차공장 인수사업이 최종적으로 미국 경쟁사로 넘어갔다는 소식이 전해지면서 더 이상 이곳에서 할 일은 없어졌다.

알라의 얼굴이 떠올랐다. 가슴은 터질 것 같았고, 몸에서는 기운이 쭉 빠져나갔다. 나는 방 안에 있던 보드카를 정신없이 마셨다. 얼마나 지났는지 눈을 떴을 때는 이미 창문으로 밝은 햇살이 쏟아져 들어오고 있었다. 샤워하고 나오는데 전화벨이 울렸다. 그녀의 밝은 목소리가 전화 속에서 들려왔다.

“깍 젤라! (안녕!)”

나는 그런 알라에게 무슨 말을 해야 할지 가슴부터 먹먹해졌다. 아무것도 모르는 그녀의 목소리는 여전히 밝았다.

“지금 당신에게 가려고요.”

“……”

"왜 말이 없죠?"

"……"

나는 아무 말도 할 수 없었다.

"무슨 일이 있군요? 지금 당장 당신에게 가겠어요."

알라는 내가 만류할 사이도 없이 전화를 끊었다. 그녀는 내가 생각을 미처 정리하기도 전에 달려왔다. 숙소와 10분 남짓 한 거리에 있는 그녀의 집이 그날은 더욱 짧게 느껴졌다. 방으로 들어온 그녀는 와락 내 가슴에 안겼다. 그녀의 가슴은 여전히 포근하고 부드러웠다. 알 듯 모를 듯한 미소만 보내는 그녀를 바라보는 내 마음은 착잡하기만 했다. 무슨 말을 어떻게 해야 할지 머릿속이 무척이나 복잡했다. 나는 그녀를 처음 만났던 그 시간으로 다시 돌아갔으면 좋겠다는 생각을 했다. 그녀가 받을 상처를 염려하면서도 한편으로는 그녀를 놓치고 싶지 않았다. 시간이 정지되어 버렸으면 하는 생각, 이대로 아주 잠들어 버렸으면 하는 생각, 할 수만 있다면 함께 불멸의 시간 속으로 가고 싶다는 생각들이 나를 괴롭혔다. 나의 괴로움을 모르는 그녀는 쾌락의 절정에서 몸을 떨고 있었다.

그녀의 몸에서 떨어져 나온 나는 눈앞에 다가올 이별 때문에 눈시울을 적시고 말았다. 그녀는 그제야 내가 괴로워하고 있는 것을 알아차렸다. 그녀는 왜 우느냐고 묻지 않았다. 내가 러시아에 온 목적이 무엇이며, 머지않아 떠날 사람이라는 것도 알고 있었다. 다만 예정보다 빨리 찾아온 이별에 좀 많이 당황하고 있는 것 같았다. 그녀의 입에서 같이 가고 싶다고, 그러니 제발 데려가 달라는, 당신과 함께 할 수만 있다면 이 세상 끝까지 가고 싶다는 그런 말은 하지 않기를 빌었다. 그러면 나는 정말로 그녀의 곁을 떠날 수 없을 것 같았다. 다행히 그녀는 그런 말은 입 밖으로 내뱉지 않았다.

"예기치 못했던 사랑과 갑작스러운 이별이란 게 바로 이런 것이네요."

그 말 한마디를 하고는 그녀는 말없이 울기 시작했다. 내가 그녀에게 해줄 수 있는 것은 아무것도 없었다.

며칠 후, 나는 어둠이 채 가시지 않은 새벽에 비행기 안에서 해가 뜨는 카잔을 보고 있었다. 그녀가 미소를 짓는 모습이 떠올랐다. 다시는 볼 수 없을 알라를 생각하면서, 내 흔적이 그녀에게 빨리 사라지길 바라며, 영원히 잊지 못할 추억만 그녀에게 남기면서 떠났다.

모스크바에서 국내선으로 갈아탄 카잔행 비행기의 기내 방송 스피커에서는 곧 착륙하겠으니 안전벨트를 매어 달라는 안내방송이 흘러나왔다. 나는 확연히 달라진 카잔 공항을 빠져나왔다. 내 눈앞에는 20년 만에 다시 보는 카잔 거리가 펼쳐졌다. 거리에는 흰 눈이 많이 쌓여있었다. 전통 호밀로 만들어진 흑빵 파는 상점에는 많은 사람이 줄을 서서 기다리고 있었다.

처음 러시아에 왔을 때도 눈이 이렇게 펑펑 쏟아지고 있었다. 거리를 하얗게 덮어버린 눈길 저 끝 어디에선가 알라가 손을 흔들며 뛰어오고 있는 것이 보였다. 나는 그녀를 향해 손을 흔들다 말고 주변을 돌아보았다. 조금 전 분명히 내 눈앞에 있던 그녀가 보이지 않았기 때문이다. 그녀가 어디로 사라진 걸까? 그녀는 어디에서도 보이지 않았다. 20여 년 전처럼 흑빵을 사려고 줄을 길게 늘어뜨리고 있는 사람들만 내 눈앞에 있었다. 한 상점에서 '나, 당신을 사랑하였소. 사랑은 아직도 내 가슴에 기억되고 있다오…….' 카잔에서 배웠던 러시아 민요가 들려왔다. 나는 카잔의 추억을 생각하면서, 노랫소리가 흘러나오는 방향을 따라 천천히 눈길을 걸어갔다.

| 異國의 이야기 |

다윗의 별

새벽부터 전화 소리에 잠을 깬 나는 뭔가 다급한 상황이라는 느낌을 받았다. 통상적으로 이 시간대에 오는 전화는 한국 본사였다. 전화기를 들자 귀에 익은 소리가 들려왔다.

"김 이사! 당장 텔아비브로 넘어가서 엑소더스 프로젝트(Exodus Project)를 마무리하게."

평상시 조용하고 차분한 목소리였던 본사의 본부장이 다급한 목소리로 직접 전화한 걸로 봐서는 상황이 급한 듯했다. 며칠 전 한국에서 일어난 사건이 머릿속으로 스쳐 지나갔다. 천안함 피격사건에 이어 지난주 연평도 포격으로 한국 정부는 북방한계선(NLL) 상에 있는 서해 5도에 대한 방위를 강화하겠다는 발표가 있었다. 나는 이미 이런 상황을 예상하고 며칠 전부터 그동안 진행했던 파일들을 정리하고 있었다. 최근 북한의 서해 도발로 국방부 방위사업청은 지난 3년간 추진했던 프로젝트가 더는 지연되면 안 된다고 판단했을 것이다.

"본부장님! 지난번 협의한 기술이전과 가격 문제는 그쪽에서 양보하지 않고 있습니다.”

협상은 상대방의 전략을 파악해서 대안을 여러 각도로 만들어 시작해야 유리하게 끌고 갈 수 있다. 나는 지난번에 우리 측의 대안이 없었기 때문에 협상에서 밀렸다는 일종의 경고를 우회적으로 말한 것이다.

“그쪽의 요구에 대해서는 일부 양보하더라도 무조건 다음 주까지 협상을 끝내고 연내 무인항공기를 항공으로 선적할 수 있도록 해!”

본부장의 목소리는 단호했다. 그는 내게 어느 정도까지 협상의 권한을 주겠다는 말은 하지 않았다. 얼마 남지 않은 시한 때문에 일을 그르칠 수 없었다. 방산 사업 특성상 현지 상담 시 권한위임을 하게 되면 불법적인 요소들이 생길 수 있다는 생각 때문이었을 거다. 본부장은 방산 사업의 베테랑으로 회사에서도 인정을 받고 있었다. 이번 프로젝트에 대해서 급한 상황으로 나에게 거는 기대가 큰 것 같았다. 지난번 협상 실패를 다시 할 수 없었다.

“제가 현지에서 협상하면서 본사의 지침을 받아 진행하겠습니다.”

지난번 협상 결렬도 결국 본사의 확실한 지침이 없었다는 것을 다시 한번 본부장에게 상기시켰다. 이번에는 반드시 짚고 넘어가야 한다고 생각을 했다.

“협상에 필요한 대안을 내일 중으로 메일로 보내겠네. 그쪽 방문 허가서도 이미 요청해 놨으니 받는 대로 팩스로 전달하겠네. 그리고 현지 아국 대사관 무관에게도 협상 진행 상황에 대해서 별도 보고를 하도록 해.”

본부장은 이번 일로 방위사업청으로부터 심한 압력을 받은 것 같았다.

처음 본사에 이번 프로젝트를 제안한 것은 나였다. 무인항공기를 도입해서 해군함정에 탑재해서 NLL 전방에 있는 북한 포대 동정과 대잠작전에 사용하여 사전에 북한의 도발을 막자는 취지였다. 만약 이 프로젝트가 빨리 추진이 되었으면 이번 북한의 공격을 막을 수도 있었을 것이다.

방위사업청에서는 '엑소더스 프로젝트'에 대해서 처음부터 관심이 많았다. 군 관계자들도 이스라엘에서 생산되는 여러 종류의 신형 무기 구매를 위해 상주해 있었다. 군 관계자들이 무인항공기를 현지에서 몇 차례 성능 실험해서 입증되었다. 팔레스타인의 공습에도 많은 성과를 보여, 도입을 추진하기로 결정이 이미 났었다. 나는 처음부터 몇 대 구매해서 실전배치를 한 후 기술이전을 추진하자고 주장을 했지만, 본사에서는 기술이전에 더 매력을 느끼고 있었다. 무인항공기는 해군뿐 아니라 전군에 필요한 신형 무기였고, 한국에서 대량생산 하면 더 많은 물량을 공급할 수 있다고 판단했기 때문이다. 이 프로젝트는 예상대로 지금 기술이전과 가격 문제가 동시에 엉켜서 난항을 겪는 중이었다. 나는 이스라엘에 대해 좋지 않은 기억이 있었기에 이번 협상 마무리가 쉽지 않을 것으로 생각했다.

비행기 창가 너머로 저 멀리 동지중해의 중심인 텔아비브 시내가 구름 속으로 보이기 시작했다. 파도가 해안가에 다다르면서 일어나는 하얀 포말들이 연이어서 커다란 띠를 만들고 있었다. 승무원들이 일제히 안전벨트 착용을 확인하러 다니느라 분주했다. 조금 지나자 기장의 안내방송이 들렸다.

"안녕하십니까? 조금 있으면 벤구리온 국제공항에 도착하겠습니다. 텔아비브는 영상 20도의 맑은 날씨로 현지 시각은……."

기장의 방송이 끝나자 승무원들은 간이좌석으로 가서 앉은 후, 안전벨트를 매고 약간 긴장하는 모습을 보였다. 내 앞에 앉아 있던 여승무원이 나의 눈과 마주치자 잠시 밝은 웃음을 띠더니, 다시 긴장한 표정으로 바꾸었다. 기체가 순간 굉음과 함께 좌우로 기우뚱거리며 랜딩 했다. 옆 창문으로 공항 건물들이 하나둘씩 보이기 시작했다. 옆에 앉아 있던 나이 들어 보이는 수녀가 무사히 착륙하자 가벼운 기도를 마치고 나를 보며 환한 미소를 띠는 모습이 어머니를 떠올렸다.

비행기가 멈추고 기장의 안내방송이 나오자 사람들이 일제히 좌석에서 일어나 웅성거리며 짐을 챙기기 시작했다. 비행기 트랩으로 나오자, 지중해의 습기가 섞여 있는 따뜻한 바람이 내 얼굴을 감쌌다. 오랜만에 방문한 도시의 긴장감이 조금씩 풀어지기 시작했다.

일반 비행기들은 보딩 브리지를 통해서 건물로 이동하지만, 내가 타고 온 카이로발 비정기선은 특별구역에서 버스로 이동하였다. 유럽의 일상적인 공항 모습과 크게 다르지는 않았지만, 사복을 입고 중무장한 채 선글라스를 낀 보안요원들이 건물 요소요소에서 승객들을 주시하고 있었다. 중동국가에서 들어오는 비행기들은 통상적으로 보안을 강화했다. 승객들은 몇 개의 안전 루트를 통해 보안요원들에게 까다로운 검문검색을 받은 후, 메인 게이트로 들어올 수 있었다.

건물에 들어서자, 현지인들로 보이는 까만 빵떡모자를 쓴 사람들이 유난히 많이 보였다. 나는 입국 승객 통로를 지나서 긴 에스컬레이터와 무빙워크를 타고 내려왔다. 입구에는 많은 사람이 입국 수속을 위해서 줄을 서서 기다리고 있었다. 옆에 내국인 입국심사대에서 있는 다양한 인종의 사람들은 유대인인 듯했다. 이스라엘은 전 세계에 퍼져 있는 유대인들에 대해서 엄격한 심사를 거쳐 시민권을 부여했다.

본사의 여권 담당자가 이스라엘 입국 시 여권에 입국 도장을 찍지 말라는 말이 생각이 나자, 앞에 서 있는 사람들의 입국심사를 유심히 보았다. 여권에 이스라엘 입국 도장이 찍히면 중동 일부 국가에서 입국을 거부당하거나 별도 정밀 입국 검사로 낭패를 볼 수 있기 때문이었다. 이스라엘 출입국관리자들도 이런 상황을 알고 있었다.

"입국 목적이 뭐죠?"

여권 검사대에 앉았던 여자가 날카로운 눈으로 나를 쳐다보았다. 그녀는 여권을 스캔하면서 컴퓨터에 나타나는 내 사진과 대조하면서 물었다. 비즈니스라는 일상적인 말이 떠올랐다. 그녀는 내 여권을 한 장씩 넘기며 찍힌 도장을 보고 있었다.

"방문회사와 방문자 이름을 말해주세요."

여느 공항에서는 확인하지 않는 사항을 그녀가 물어보았다. 그녀의 추가 질문이 일반적으로 끝날 수 있는 입국 통과의례와 달리 예사롭지 않았다. 내가 이집트에서 일하고 있다는 것을 여권에 붙어있는 워킹비자로 확인했을 것이다.

이스라엘은 팔레스타인과 대치 중이어서 중동 국가에서 온 승객들의 출입국 심사를 엄격하게 하고 있었다. 출장 전 팩스로 본사에서 보내준 회사의 공식 방문허가서를 그녀에게 보여줬다. 그곳에는 그녀가 요구한 사항이 기재되어 있었다. 방문하려는 회사는 이스라엘 국영기업인 방위산업체였다. 그녀는 다시 나를 한번 꼼꼼히 훑어보더니 조그만 별도 백지에 스탬프를 찍으며, 출국 시 그 종이를 지참하라는 말도 잊지 않고 해 주었다.

여권을 양복 포켓에 넣고 짐을 찾기 위해서 나가려는 순간, 눈에 선명하게 들어오는 것이 하나 있었다. 잠시 걸음을 멈추고, 공항 건물 정면 위를 바라보았다. 그곳에는 큰 별이 하나 있었다. 굵은 파란색 선 위와 아래 중간에 삼각형 두 개를 포갠 듯한 모양의 이스라엘 대형국기였다. 이스라엘인들은 그것을 '다윗의 별'이라고 불렀다.

아침 일찍부터 따뜻한 햇살이 내가 누워있는 침대를 감쌌다. 지중해에서 불어오는 바람이 열린 창문 틈 사이로 들어오면서, 내 몸에 밴 땀을 식혀주었다. 파도 소리에 잠을 깬 나는 감고 있던 얇은 시트를 걷어차며 천장을 향해 기지개를 켰다. 파도 소리가 들려오는 테라스로 나가 두 손을 하늘로 향해 뻗었다. 지중해의 파란 바다가 넓게 펼쳐져 있었다. 해안가에 있는 도로를 따라서 낡은 사람이 조깅하는 모습이 보였다.

어제저녁에 있었던 일들이 자꾸 떠올랐다. 아커만과 저녁 식사를 하면서 했던 이야기들이 뇌리에 남아 잠을 설쳤기 때문이었다.

"살롬!"

그가 식당으로 들어오면서 나를 금방 알아보고 멀리서 손을 흔들었다.

"아커만 씨! 오랜만입니다."

나는 그를 반기며 앉았던 의자를 뒤로 물리고 일어나서 인사를 했다.

"텔아비브를 몇 년 만에 오시네요."

아커만은 오랜만에 본 나를 반갑게 맞이했다.

"언제 와도 항상 깨끗하고, 조용한 도시라 편안합니다. 좋은 호텔을 잡아주셔서 감사합니다."

아커만은 이곳 방위산업체에 마케팅 담당 임원으로 있다. 그와는 프랑스의 '유로사토리' 방산 전시회를 방문했을 때 미국의 무기 중개인의 소개로 자연스럽게 가까워졌다. 이후, 무인항공기 프로젝트를 시작하면서 나와 여러 번 한국에서 만났고, 성능시험을 하기 위해 방위사업청 직원들과 함께 이스라엘을 방문하면서 더욱 가까워졌다.

그가 예약해 둔 식당은 호텔에서 가까운 지중해 해안가에 있었다. 식당은 화려하지는 않았지만, 유럽식 장식과 함께 내부가 흰색으로 실내장식이 되어 있어서 밝은 느낌이 들었다. 저 멀리서 밀려오는 파도가 당장이라도 식탁을 덮칠 기세로 소리를 내며 식당 앞 바위까지 몰려왔다. 조금 전까지 지중해에서 불타던 태양이 수평선 너머로 사라지면서 어두움이 몰려오기 시작했다. 해안가에는 조명들이 켜지면서 또 다른 밤의 세계를 펼치기 시작했다.

아커만은 유대인들이 쓰는 빵떡모자인 키파(Kippa)를 쓰고 있었다. 업무적으로 만날 때에는 한 번도 쓴 걸 보지 못했던 키파를 편안한 저녁 식사라 생각했는지 쓰고 나왔다. 그가 손을 흔들지 않았으면 알아보지 못했을 것이다. 그가 자리에 앉자, 나는 조심스럽게 그의 키파를 가리키며 그것이 유대인에게 어떤 의미가 있는지를 물어봤다.

"키파는 히브리어로 '가장 높은 계층'이란 뜻입니다. 탈무드에 보면 '하나님에 대한 경외심을 표현하기 위하여 네 머리를 가려라'라고 나와 있습니다."

그는 현대에 있어서 키파가 갖는 의미를 네 가지로 설명해 주었다. 온 인류 위에 계시는 하나님을 인식하기 위하여, 구약성서의 613계명을 받아들이고, 유대인의 일체성을 위하며, 모든 유대인의 선교적 표현으로 키파를 쓴다고 설명해 주었다. 유대인들이 정수리 부분에 키파를 쓰는 이유는, 인간은 정수리 부분만 맞아도 즉사하는 유한한 존재라는 것을 나타내면서 위에 있는 무한한 권위에 순종하는 뜻이라고 했다. 일반적으로 기도나 식사 시간에 키파를 쓴다고 했다. 그는 쓰고 있는 키파를 머리 정수리에 맞춰서 다시 썼다.

식당 여종업원이 밝게 웃으며 메뉴판을 들고 왔다.

"이번 무인항공기 도입 건에 대해서 결론을 내려야 할 것 같습니다."

내가 재촉하듯 본론으로 들어갔다.

"식사는 해야죠. 우선, 제가 몇 가지 전통 음식을 권해드리겠습니다."

그가 웃으며 메뉴판을 들고 설명해 주었다. 나는 순간 무안해졌다.

"이스라엘은 국가이익을 먼저 생각하고 있습니다. 따라서 기술이전 건에 대해서는 확답을 드릴 수 없습니다."

아커만은 메뉴판을 손에 들고 메뉴를 고르듯 국익을 언급하면서, 협상을 유리하게 끌고 갈 생각이었다.

"기술이전에 대해서는 별도로 협의하기로 하고, 우선 가격부터 마무리 지었으면 합니다."

나는 급한 마음에 가격 이야기를 꺼내고 말았다. 조급해진 내 마음을 읽었는지 아커만이 메뉴판을 보며 잠시 머뭇거렸다. 가격 문제에 초점이 맞춰지자 유대인 특유의 빠른 계산이 나의 머리를 혼란스럽게 만들었다. 그가 메뉴판에 있는 사진들을 가리켰다.

"샐러드인 '메제'와 강낭콩으로 만든 소스인 '후무스'를 전통 빵인 '피타'와 함께 드시죠. 유대교 음식 규정에는 육류와 유제품을 함께 먹지 못하게 되어 있습니다. 그릴 요리가 유명하니 지중해에서 잡히는 생선요리를 추천합니다."

그가 메뉴판에 있는 사진들을 가리키며, 내 표정을 봤는지 오히려 차분하게 음식에 대한 안내를 계속했다.

"이스라엘 전통 요리는 유대교의 식사에 관련된 율법 카샤룻

(kashrut)에 의하여 먹기에 합당한 음식으로 결정된 코셔(Kosher) 음식입니다."

아커만이 한국을 방문했을 때, 코셔 음식으로 만드는 식당이 많지 않아서 고생했던 기억이 떠올랐다. 여종업원에게 메뉴를 주문하고 나서야 그는 자연스럽게 사업에 대한 말을 이어갔다.

"지난번 제시한 가격은 이스라엘 정부의 첨단 기술제품에 대한 엄격한 통제로 받아들이기에는 어려움이 있습니다."

갑자기 며칠 전 본부장과의 통화내용이 생각이 났다. 이번 이스라엘 방문은 구체적인 계약과 제품의 납품 기일까지 협상하는 것이 목적이었다. 방위사업청에 납품하기로 한 계약 일정이 늦어지면, 지연 배상금을 물어야 해서 나는 어떠한 방법을 써서라도 가격 및 납품일을 매듭지어야만 했다. 최근 북한의 서해 해상 무력도발에 대해서 아커만이 모를 리가 없었다. 나는 그에게 발목을 잡힌 듯했다.

내가 이스라엘을 알기 시작한 것은 중학교 때 본 영화《영광의 탈출(Exodus)》이었다. 이스라엘의 독립을 꿈꾸는 유대인들의 투쟁을 그린 내용이었다. 역사에서 버려졌던 사람들이 끈질긴 생명력을 견뎌내면서, 세계 곳곳에서 전전하다 다시 새로운 국가를 세우는 과정을 보았다. 이집트를 탈출하면서 겪었던 이들의 고된 역사가 끝나는 순간이었다. 그렇게 만든 이스라엘이었다.

영화로만 막연하게 알고만 있었던 그들에 대해 관심을 가지게 된 것은 『탈무드』라는 책을 접하면서였다. 탈무드는 유대인의 정신적

지주 역할을 했으며, 민족의 동질성을 유지할 수 있는 목적으로 만들었다. 그것은 신앙과 민족정신의 원천이며, 그들의 탁월한 교육과 경제활동을 가능하게 해 준 바탕이 되었다. 그 속에는 윤리적인 가르침과 처세에 관한 내용이 수록되어 있었다. 그들이 '이산민족(Diaspora)'으로 살면서도 정체성을 잃지 않은 이유가 바로 탈무드에 있었다. 탈무드에 나오는 많은 내용을 읽으면서 나도 모르게 그들의 정신세계로 빠져들었다. 특히, 처세에 대한 부분은 내가 살아가는 지침이 되었다.

회사에 들어와 막연하게 생각했던 유대인들과 비즈니스를 하면서 그들의 상술에 대해 비정함을 겪으며 차츰 경계심을 가지게 되었다. 내가 생각한 것이 그들에 대한 단순한 편견일지 몰라도 나에게는 많은 상처를 줬고, 극복하기에 오랜 시간이 걸렸기 때문이었다.

유대인에게는 자존심이 있다는 것도 알았다. 그것은 민족적인 우월감이었다. 하나님이 세계의 모든 백성 가운데에서 유일신을 믿는 이스라엘 백성만을 선택하였다는 '선민의식'이 그것이었다. 그들은 지난 세월의 고통도, 중동국가들 틈새에서 팔레스타인인들을 몰아내고 이스라엘을 건국할 수 있었던 것도, 신이 이스라엘 백성을 선택하였기 때문이라고 생각했다. 그들이 '홀로코스트(유대인 대학살)'를 겪으면서도 살아남은 것은 바로 이 선민의식이 그들을 지배하고 있었기 때문이다.

내가 처음 겼었던 비즈니스에서도 결국 굴복할 수밖에 없었던 이유가 그들의 계산된 논리와 합법적인 행위로 상대방을 제압하는 우월감 때문이었다. 그들은 항상 상대방의 항복을 받은 후, 베푸는 자비로움과 여유로움을 즐겼다.

나는 어제저녁, 아커만의 논리적이고 합리적인 공격에 당황했었다. 과거의 틀에서 벗어날 수 없는 일반적인 군상들과 달리 그들은 언제나 틀에 얽매이지 않고 당당하게 행동하였다. 살아남기 위해서 탈무드에서 배운 대로 실행해 나갔다.

어릴 적 알고 있었던 유대인들을 겪으면서 실체를 알게 되었다. 아커만도 내게는 예외가 아니었다. 그들의 계산된 사고에는 결국 개인이든 국가이든 이익이 자리 잡고 있었다. 그들만의 민족공동체라는 틀 속에서 누구도 끼어들 수 없는 그런 장벽이 존재하고 있었다.

나는 입사하면서 처음에 경공업 제품 수출을 담당했다. 지역은 유럽으로 국가마다 제품의 선호도가 달라서 다른 지역보다 더 큰 노력이 필요했다. 그 당시 가장 큰 시장은 영국이었다. 영국의 내수시장도 작지는 않았지만, 영국식민지였던 동부 아프리카 지역으로 우회 수출을 많이 했기 때문이었다. 그들이 요구하는 것은 제품의 질보다 저렴한 가격이었다. 가격에 민감해질 수밖에 없는 구조였다. 시장의 가격이 내려가자, 영국 바이어는 가격 인하를 위한 클레임을 제기해 고생한 기억이 아직도 생생했다.

식사하면서 아커만과의 신경전이 계속 이어졌다. 나는 그에게 과거에 관한 이야기를 꺼냈다.

"제가 20여 년 전 입사해서 거래한 회사의 사장이 영국의 유대인이었습니다."

아커만은 내가 갑자기 꺼낸 엉뚱한 말에 당혹감을 느꼈는지, 피타를 후무스에 찍어서 먹으려다 다시 접시에 내려놓았다. 동시에 그의 얼굴 모습이 내 눈동자에 비쳤다. 그는 자존심이 상한 듯 약간 상기된 표정을 지었다.

"그가 제품에 하자가 있어서 도착지에 있는 물건을 다시 돌려보내겠다고 했죠."

나는 마음속에 있는 말을 거침없이 쏟아냈다. 아커만 앞에서 노골적으로 유대인에 대해서 언급하는 것은 실례라는 것을 알고 있었다. 그것도 좋은 이야기가 아니었기 때문에 불쾌함을 느꼈을 것이다. 그는 침착함을 보여주려고 애쓰고 있었다.

"수출한 제품이 현지에 도착하자, 가격이 내려가 손해를 보게 되었습니다. 가격을 인하하려는 협상으로 일종의 협박이었습니다."

아커만의 얼굴이 갑자기 불그스레 변했다. 그는 탁자에 놓인 음식들을 응시하며 나의 다음 말을 기다리고 있었다.

"바이어가 제품의 하자를 핑계로 가격을 낮추려는 것은 있을 수 있는 일이지만, 좋은 매너는 아닙니다."

나의 억양은 조금씩 올라가고 있었다. 아커만의 손이 움직이면서 순간 탁자에 있던 접시가 잠시 흔들렸다. 그는 더는 들을 수 없다는 듯 내 말을 가로챘다.

"탈무드에 랍비(율법 교사)인 '라바'가 한 말이 있습니다. 인간이 죽어서 천국에 가면 가장 먼저 묻는 말은 '너는 장사를 정직하게 하였느냐?'입니다. 한마디로 말하면 너는 떳떳하냐는 것입니다."

아커만은 진정하려는 듯 컵에 있던 물을 한 번에 들이켠 후 계속 말을 이어갔다.

"비즈니스맨이 지켜야 할 여러 가지 상도덕 중에서 정직하게 하였는지, 남에게 피해는 주지 않았는지, 자기의 힘으로 남을 업신여기지는 않았는지를 말하는 것입니다."

탈무드는 유대인의 신앙과 사상의 원천이며, 생활의 규범이었다. 유대인들에게 규범이라는 것은 곧 그들의 존재를 의미하는 것이었다. 그런 상징적인 내용 속에 유대인들은 장사했고, 그것은 곧 시장의 원리였다.

아커만은 내가 한 말에 대해서 유대인을 잘 모르고 하는 말이라고 설명해 줬다. 유대인에 대한 나의 어설픈 편견이 그를 자극했을 수도 있었다. 그는 전혀 내색하지 않고, 접시에 내려놓은 피타를 집어서 후무스에 발라서 먹었다. 그의 시선은 접시를 응시하고 있었으나, 머릿속에는 탈무드에 나오는 어떤 구절을 생각하고 있을 것이다.

여러 번 만났던 그에 대한 평가는 지금 당장 뭐라고 할 수는 없다. 전 세계에 다양한 인종과 종교를 가진 사람들이 살고 있고, 유대인인 아커만도 그들 중 일부분일 뿐이다. 내 마음속에 자리 잡은 유대인들에 대한 오래된 편견을 없애고, 진정으로 그들을 이해할 수 있는 시간이 필요했다.

"오늘 추천해 준 생선 그릴이 세 입맛에 맞습니다. 사람의 입맛은 조금씩 바뀌는 것 같습니다."

아커만은 내가 무슨 이야기를 하는 줄 알고 있을 것이다. 어쩌면 한 사람의 유대인을 보지 말고, 유대인 전체를 봐야 한다는 내 생각에 그도 동의할 것이다. 그의 얼굴이 조금씩 밝아지고 있었다. 여자 종업원이 웃음을 띠며 디저트를 가져왔다.

"이스라엘에서는 디저트로 꿀과 너트 그리고 과일이 나옵니다."

아커만은 너트를 꿀에 찍어서 먹는 모습을 내게 보여주며 빙긋 웃었다.

"내일 호텔에서 브런치를 하면서 가격 및 선적 일정 협의를 마무리했으면 합니다."

카이로 가는 비정기 항공편이 일주일에 두 번밖에 없어서, 내일 오후에 선적 일정까지 마쳐야 할 상황이었다. 내일 다시 만나기로 하고 우리는 자리에서 일어섰다. 늦은 밤바다에서 들리는 파도 소리가 요란하게 귓전을 때렸다. 아커만과의 신경전은 이제 끝난 것 같았다. 그가 말 한대로 정직한 협상을 위한 시간만이 남았다.

나는 어제 아커만과 했던 이야기들을 머릿속에 넣어둔 채로 테라스에서 들어와 샤워를 했다. 비눗물이 눈에 들어오면서 잠시 쓰라림을 느꼈다. 아커만이 한 말들이 아직도 귀속에서 윙윙거렸다.

나는 오늘 저녁 비행기로 떠나기 전에 이번 사업을 매듭지어야 한다는 생각에 머리가 아파져 오기 시작했다. 가격과 기술이전 문제를 어떻게 아커만과 풀어야 할지 잘 떠오르지를 않았다. 그는 어제 유대인의 상도덕에 대해서 언급하자, 내가 일단 물러선 것을 알고 있었다. 이제 남은 방법은 정공법으로 가는 것이었다. 가격은 그가 요구하는 대로 해주고, 기술이전료에 차액만큼 부담시키면 될 것이다. 기술이전료를 얼마나 책정해야 할지 확인하는 일만 남았다.

어제 호텔로 돌아와 아커만과 협의한 내용을 본사에 보내면서 지침을 메일로 요청했었다. 본부장이 보낸 메일에 회신은 간단했다. 내가 생각한 대로 가격은 이스라엘 측 요구대로 하고 기술이전료에서 조정하라는 것이었다. 만약 기술이전료가 합의 안 될 경우, 우선 제품 공급 일정만 합의하면 될 것 같았다.

호텔 체크아웃을 하고 짐을 프런트에 맡겼다. 서류가방을 들고 식당으로 들어서자 창가에 아커만이 이미 와 있었다. 그는 서류를 보면서 뭔가를 생각하고 있는 듯 내가 온 것을 모르고 있었다. 브런치를 하기에는 이른 시간이었지만, 식당에는 이미 많은 사람이 북적거렸다. 비즈니스호텔이라 정장 차림으로 업무상으로 만나는 사람들이었다.

아커만이 있는 곳으로 다가가자, 그가 뭔가를 들킨 듯 놀라면서도 나에게 정답게 인사를 했다.

"어제 무례했던 것을 사과드립니다."

나는 아커만에게 다가서면서 정중하게 고개를 숙이며 말했다. 그에게 협상 전 예의를 갖추는 것이 좋을 것 같았다.

"비즈니스에서는 사과는 없습니다. 단지 말에 대한 인정 여부만 있을 뿐입니다."

아커만은 조용히 내 얼굴을 보면서 웃었다. 그의 얼굴에는 여유로움이 보였다.

“어제 말씀드린 대로 가격과 기술이전 문제 그리고 선적 일정을 같이 결정했으면 합니다.”

대안은 이미 서로가 가지고 있었고, 어느 정도 내용도 알고 있었지만, 다시 한번 그에게 확인했다.

“기술이전 문제는 정부와 직접 해결하겠습니다.”

방산 제품에 대한 해외 기술이전 문제는 정부의 허가사항으로 시간이 걸린다고 하였다. 기술이전료에 대해서도 지난번 우리 측에서 제시한 가격을 받아들일 수 없다는 뉘앙스로 느껴졌다. 나는 본사와 협의한 대로 제품의 최종가격을 제안했고, 아커만은 수용한다고 했다. 선적물량 10 대중 금년 내 5대를 SKD(부분조립생산) 제품으로 조기 선적해 주기로 했다. 기술이전료에 대해서는 정부의 허가가 나오는 대로 최종 통보를 해주겠다고 하였다.

아커만이 어느 정도 물러서면서, 조금씩 실마리가 풀려가고 있었다. 아커만의 계산은 결국 제품 가격은 받아들이지만, 기술이전료에 대해서는 유리한 입장을 취하려는 의도였다. 유대인의 탈무드 규범을 지켜주는 것이 현명한 방법이라는 것을 나는 인식하고 있었다. 본사의 지침대로 협상은 완전하지는 않았다. 다행히도 우리 측의 상당한 요구가 받아들여진 것은 아커만의 계산도 있었지만, 어제저녁 유대인의 상술에 대한 공감도 어느 정도 작용했을 것이다. 협상에는 정도가 없지만, 나라마다 고유의 상관습이 있고 그것을 존중해 줄 때 성공적인 비즈니스가 이루어질 수 있다.

아커만은 기본적인 협상이 마무리되자 내게 귀띔을 해줬다. 그는 나에게 벤구리온 국제공항에 있는 이스라엘 건국의 아버지인 '다비드 벤구리온' 흉상에 있는 문구를 보라고 했다. 왜 유대인을 세계의 이단아로 만들었는지 알 수 있다고 했다. 그는 가족에 관한 이야기를 조심스럽게 꺼냈다.

"할아버지는 폴란드 출신으로 바르샤바에서 성공한 기업인이었습니다. 제2차 세계 대전이 일어나면서 전 재산을 잃고, 가족들과 함께 독일군에 의해서 수용소로 끌려갔습니다. 유대인이라는 이유였죠."

그는 지갑에서 오래된 흑백 사진을 한 장 꺼내 내게 보여줬다. 아커만의 할아버지와 같이 찍은, 행복스러워 보이는 가족사진이었다.

"아버지에게 들은 수용소 생활은 이루 형용할 수 없이 비참했습니다. 할아버지는 아우슈비츠 옆에 제2의 수용소 안에 만들어진 독 가스실에서 많은 사람이 죽었다는 이야기를 듣고, 아버지를 어떻게 해서든 탈출시키려고 노력을 했습니다. 그러던 중 전쟁이 끝나면서 죽음 앞에서 가족들이 살아남았습니다."

아커만은 잠시 창밖으로 자유롭게 지나다니는 사람들을 응시했다.

"저는 아버지가 이스라엘로 와서 정착했던 키부츠에서 18세까지 살았습니다. 그곳에서 국가의 존재가치를 알았습니다. 그리고 2년간 군 복무를 하면서 팔레스타인과의 전투에도 여러 번 참가했습니다."

이스라엘인들은 2000년 넘게 로마군에 의해서 쫓겨난 후, 세계 곳곳에 흩어져 나라도 없이 살았다. 유대인들이 말하는 옛 이스라엘 땅은 팔레스타인으로 불리고 있었다. 그들은 1948년 그곳에 나라를 세우며 '디아스포라여 안녕!'이라고 외쳤다. 그리고 팔레스타인에 살던 아랍인들을 쫓아내기 시작을 했다.

"'디아스포라'는 전 세계를 떠돌며 살던 유대인을 뜻하는 말이죠."

아커만은 팔레스타인과의 전쟁이 적대적인 것이 아니라, 원래 자기 땅을 지키기 위한 방어적인 목적이라고 했다. 그의 얼굴에 잠시 어두운 모습이 드리워졌으나 곧 사라졌다.

"탈무드에 '그 사람 입장에 서기 전에는 절대 그 사람을 욕하거나 책망하지 말라'는 말이 있습니다. 제가 드리고 싶은 말입니다."

아커만은 상대방에 대해서 이해하려는 노력이 필요하다고 했다. 그동안 편견으로 보아왔던 유대인들의 실상과 그들이 오랜 역사를 거치며 방랑하면서 존재했던 이유를 알 것 같았다. 그들의 질곡의 역사만큼 수많은 고통 속에서도 세계에서 가장 우수한 민족으로 생존할 수 있었던 것은 바로 선민의식이었다. 아커만의 머리에 있는 키파가 잘 어울린다고 느껴졌다.

로스차일드대로(大路)는 철통 같은 보안 태세였고, 헌병대가 텔아비브의 미술관 전당에 있는 모든 이들을 샅샅이 검사했다. 다비드 벤구리온이 미술관에 들어와 국가 하티크바(Hatikvah)를 부른 뒤, 그는 독립 선언서를 낭독하였다. 의원들이 선언서에 서명하였다. 이제 이스라엘은 공식 국가로 탄생하였으며, 벤구리온이 초대 총리가 되었다.

"이로써 우리는 이스라엘 건국을 선포한다."

-다비드 벤구리온

팔레스타인에 유대인들을 위한 '민족적 고향'을 수립하고자 1차 세계 대전 이후 팔레스타인 땅을 손에 넣은 영국이 처음 공표하였다. 그러나 영국은 홀로코스트 이후에도 이 지역에 거주하는 아랍인들과 그들의 동맹국들에 대한 염려에서 제한 없는 유대인 이주를 거부하였다. UN이 권고한 영토 분할을 유대인들은 받아들였지만, 아랍인들은 거부하였다. 따라서 이스라엘 건국은 비극적일 수밖에 없었다. 중동국가들은 이스라엘을 인정하지 않았다. 결국 이스라엘의 정치적 지리(地理)는 전쟁으로 결정됐으며, 이로 인해 이 지역은 이후 수십 년간 전쟁의 상흔에 시달리게 된다.

나는 텔아비브 벤구리온 국제공항 입구에 있는 벤구리온 흉상에 적혀있는 글을 읽으며 공항 안으로 들어갔다. 벽에는 유난히 커 보이는 '다윗의 별'이 정면에서 반짝이고 있었다.

하얀 집

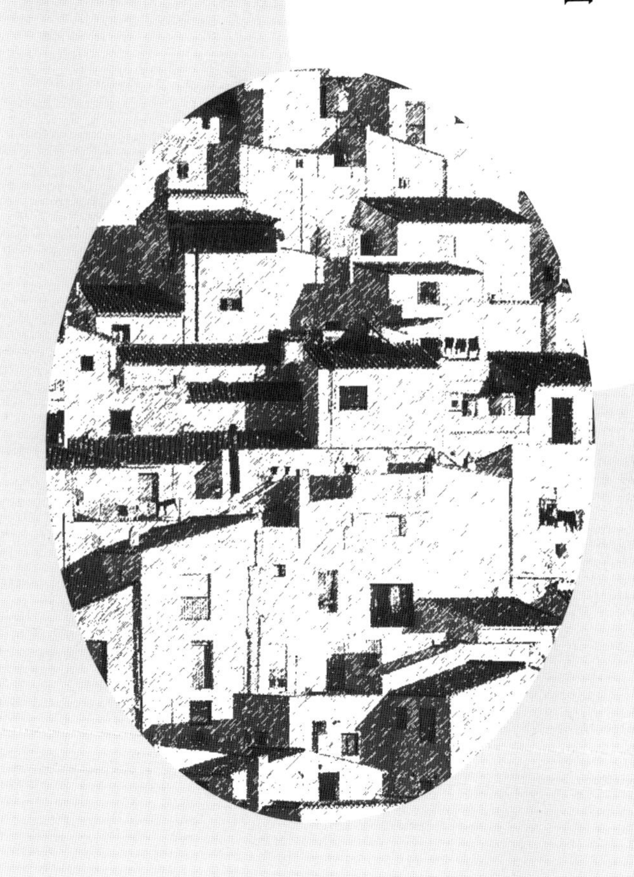

30여 년 다녔던 회사를 퇴직한 후로 요즈음 매사에 싫증이 나기 시작한다. 싫증은 짜증을 동반하면서 뭔지 알 수 없는 공허감을 느낀다. 나이가 들어가면서 겪는 증상일까 생각도 해보지만, 이유는 알 수가 없다. 마음이 답답해지면 나는 집 근처 천변을 산책한다. 걸어가는 길에 제과점을 보면 떠오르는 친구가 있다. 그 친구만 생각하면 나도 모르게 가슴이 울렁거린다.

고등학교 때, 친구 승렬과 함께 대학로에 있는 가톨릭 회관에서 선배들과 토론을 끝내고 집으로 돌아갈 때면 누군가 뒤에서 우리를 미행하고 있다는 느낌을 받았다. 선배들이 당분간 무슨 일이 있을지 모르니 조심하라는 신신당부를 한 뒤로부터 생긴 일이었다. 신문에는 연일 긴급조치 제4호를 발동하여, 학생들의 수업 거부와 집단행동을 일절 금지한다는 발표를 하고 있었다.

얼마 후 정부에서 긴급조치 제4호 위반자 180명을 구속, 기소하였다고 발표하였다. 정부 발표는 그들이 폭력으로 정부를 전복하기 위한 전국적 민중봉기를 획책하였으며, 노동자와 농민에 의한 공산 정권 수립을 기도하였다는 혐의라고 하였다. 소위 '전국 민주화 청년 학생 총 연맹(민청학련) 사건의 개요였다. 지난해 말부터 반독재 반체제 운동이 연이어 일어났다. 전국 대학교와 고등학교로 파급 확대되면서, 긴급조치 1, 2호를 공포한 이후에 발생한 일련의 사건들이었다.

그 일이 있고 난 뒤, 독서클럽에 참가했던 대학 선배가 180여 명 구속자 명단에 포함되면서 모임은 해체되었다. 승렬과 나는 사태를 관망하면서 조용히 지냈다. 1년 후 구속자들은 형 집행 정지로 석방되었다. 그 사건 이후 독서클럽은 존재하지 않았다. 우리는 학교생활에 전념하면서 강원도 바닷가에서 말했던 미래를 향한 포부를 각자의 자리에서 실천해나가고 있었다.

오전 마지막 수업 종이 울리면, 나는 교정 뒷마당으로 달려갔다. 친구들은 점심시간에 어디를 가느냐고 물었지만, 나는 말없이 교실 뒷문을 열고 나왔다. 오전 수업의 해방감에 들뜬 친구들의 아우성은 교사(校舍)를 뒤덮고 있었다.

3월 초 차가운 바람을 맞으며 들어섰던 교정은 산꼭대기에 자리 잡고 있어서인지 삭막한 분위기였다. 주위를 둘러봐도 보이는 건물은 교사밖에 없었다. 고도(孤島)를 느끼기에 충분하였다. 빨간 벽돌의 교사 몇 동만이 그 산을 지키는 유일한 건물들이었다. 운동장은 하얀 손바닥을 드러내고 있었다. 나는 교정 뒷마당에서 산 아래로 펼쳐진 수많은 집을 내려다볼 수 있었다. 어릴 적부터 아파트에서만 살아온 나는 개인 주택들의 다양함과 예쁘게 단장된 정원의 아름다움에 흠뻑 빠져있었다. 집마다 정원에는 푸른 잔디가 융단처럼 깔려 있었고, 정원수들이 집들을 호위하고 있었다. 부자 동네라는 것을 한눈에 알 수 있었다. 담장을 타고 넘어온 넝쿨들이 집 담벼락을 감싸고 있었다. 꽃봉오리를 맺고 있는 수많은 종류의 꽃나무들이 정원에 고풍스럽게 잘 어우러졌다. 언젠가는 저 많은 집 중에 내가 고른 집에서 살고 싶었다.

날씨가 포근해지면서 나는 넓은 교정으로 자주 나갔다. 그곳은 산에 있어서 멀리 북한산까지 볼 수 있었다. 햇볕이 따스하게 내리쬐는 어느 날, 승렬과 교정 뒤에 있는 나만의 아지트로 갔다. 산 아래로 내가 보아왔던 집들이 있었다. 나는 손으로 많은 집을 가리키며 승렬에게 물어봤다.

"승렬아! 저 아래 보이는 많은 집 중 어느 집이 제일 마음에 드니?"

그는 여러 집을 천천히 눈으로 둘러보더니, 언덕 바로 아래 길가 옆에 있는 집을 가리켰다. 순간 내가 숨겨 놓은 보물을 들킨 기분이었다. 이젠 내 집처럼 전혀 낯설지 않은 하얀 집이었다.

"저 하얀 집을 특별히 좋아하는 이유라도 있어?"

나는 승렬에게 내 집을 빼앗긴 듯 알 수 없는 묘한 감정을 느꼈다.

"하얀 집이라서 눈에 금방 띄네. 검은 기와지붕과 잘 어울려서 좋아 보이기도 하고……."

나도 승렬과 같은 생각이었다. 흰색과 검은색의 대비가 선명하게 보이는 집이었다.

"그런데 저 하얀 집을 오랫동안 보고 있으면 금방 싫증이 날 것 같아."

친구는 깨끗함이 싫증을 유발할 수 있다는 명제를 달았다. 그 명제에 나는 동의할 수 없었다. 싫증이라는 말이 왠지 그 집과 어울리지 않았다. 하지만 그와 논쟁을 하고 싶지는 않았다. 승렬이가 언젠가는 하얀 집이 깨끗해 보여서 좋아할 거란 생각이 들었다.

내가 승렬에게 관심을 가지기 시작한 것은 입학식을 마치고 며칠 뒤 치러진 반장선거를 하던 날이었다. 아직은 서로 낯설고 어색하던 때였다. 몇몇 반장 후보들은 자의 반 타의 반으로 추천을 받아 교단 앞으로 나왔다. 후보자들은 간단한 연설을 하게 되었다. 그들이 다녔던 학교들이 달랐고, 살아온 환경도 다양했기에 사고도 각양각색일 것이다. 나도 그들과 교단 앞에 서 있었다. 우리를 응시하고 있는 친구들의 얼굴을 바라보며, 여러 가지 생각이 뒤엉켰다. 승렬의 발표 차례가 되었다. 그는 많은 친구를 하나씩 침착하게 둘러보는 여유가 있었다.

"제가 반장이 되려는 것은 여러 친구와 함께 꿈을 나누고 싶어서입니다. 다른 꿈을 가지고 있는 친구들과 한마음이 될 수 있다고 생각합니다. 우리 학교와 미래를 향한 꿈을 이루기 위해서 저와 함께 멋있는 미래를 키워나갔으면 합니다."

내가 하고 싶었던 말이었다. 조용하면서도 처음인 그의 목소리는 친구들을 흡입하기 시작했다. 승렬의 연설 내용은 짧았지만 분명해서, 많은 친구의 공감을 얻기에 충분했다. 투표 결과 승렬이가 반장에 선출되었다. 승렬은 함께 일할 임원들을 지명하였고, 나도 그와 함께 했다.

승렬의 제안으로 임원진 단합을 위해서 1박 2일로 강원도 바닷가로 여행을 가기로 하였다. 나는 그동안 가족들과 여행을 다녔다. 친구들과 처음으로 떠나는 여행에 해방감을 느껴서인지, 마음이 몹시 들떠있었다. 굽이굽이 대관령 고갯길을 내려가는 시외버스에는 많은 사람으로 가득했다. 버스가 이리저리 흔들렸지만, 아랑곳하지 않고 친구들은 저 멀리 보이기 시작한 바다 풍경에 푹 빠져있었다. 버스 안의 복잡함도 잊은 듯 푸른 바다를 보며 얼굴 표정이 환했다. 친구들은 손짓으로 바다를 가리키면서 즐거워했다. 3월의 동해 바람은 차가웠지만, 뜨거운 우리들의 젊은 열정을 막지 못했다. 바닷가 근처에 있는 민박에 짐을 풀자마자 해변으로 달려갔다. 넓은 백사장 너머로 밀려오는 파도 소리가 들려왔다. 멀리 바다에서 출렁이며 떠다니는 고깃배의 자유로움이 멋진 낭만으로 다가왔다.

"정말 여기 오기를 잘한 것 같네. 저 넓은 바다를 봐!"

승렬이가 상기된 얼굴로 친구들이 즐거워하는 모습을 보면서 말했다.

"이번 여행이 우리의 마음을 나눌 좋은 기회가 되었으면 해."

나는 우리의 미래를 위해서 무엇을 해야 할지 서로의 생각들을 허심탄회하게 이야기해 보자고 했다. 내일 일찍 일어나 동해의 일출을 보면서 각자의 소망을 빌기로 했다. 친구들도 나의 제안에 찬성했다.

그날 저녁 친구들은 돌아가면서 앞으로 이끌어 나갈 설계를 백지에 그림을 그리듯 밤늦도록 열띤 토론이 이어졌다.

"나는 어려움에 처한 사람들에게 희망의 빛을 주고 싶어. 모든 사람이 평등하고 자유를 누릴 수 있는 그런 세상을 만들고 싶다. 그러기 위해서는 개인적인 삶보다는 어려운 곳에 있는 사람들을 위해 일을 하려고 해."

승렬은 조금은 비장해 보이는 얼굴로 친구들을 둘러보면서 말을 이어갔다.

"약한 사람들이 억압받는 세상은 바뀌어야 한다고 생각해. 삶의 질에 대해서 고민해 보고 싶다."

친구들은 승렬이가 하는 말이 무엇을 뜻하는지 알고는 있었다. 하지만 우리가 감당하기에는 벅찬 말들이었다. 아직은 많은 것을 배우고, 실천은 그다음에 판단하고 결정해도 늦지 않을 것이다. 승렬은 그날 저녁 많은 이야기를 들려주었지만, 내가 기억할 수 있는 것은 '노동자', '탄압', '독재'라는 무거운 단어였다. 나는 승렬의 말에 강한 거부감이 느껴졌다. 단호한 그의 모습이 몹시 낯설게 다가왔다. 그러한 단어들은 당장에라도 이 사회에서 사라져야 했지만, 그에 따른 큰 노력과 희생의 대가가 필요한 것들이었다.

처음 시작한 고등학교 생활은 낯선 친구들과 함께 학교생활에 적응하느라 정신없이 시간이 지나가고 있었다. 과목마다 다른 선생님들과 공부하면서 넓은 세상이 펼쳐지는 것 같았다. 내가 선택해야 할 폭이 좀 더 넓어질수록, 보는 시야도 달라지고 있었다. 친구들은 매시간 새로운 수업에 귀를 기울이고 있었다. 그들의 진지함은 선생님들을 긴장하게 했다. 4월이 되면서 꽃향기가 열어 놓은 창문을 통해 조금씩 흘러들어왔다. 교실의 분위기는 봄 햇살로 나른해지면서 긴장감이 느슨해지고 있었다. 수업 시간에 친구들의 짓궂은 장난으로 선생님들의 목소리는 높아져 갔지만, 우린 익숙해진 듯 아랑곳하지 않았다. 교실 분위기가 좋아지면서 친구들의 각기 다른 성격들이 하나씩 드러나기 시작했다.

창 너머로 가끔 들려오는 확성기 소리와 함께 여기저기 구호를 외치며 몰려다니는 사람들의 모습들이 보였다. 그들의 행동이 점점 거칠어질수록 경찰의 최루탄 쏘는 소리는 더욱 요란하게 들렸다. 그럴 때마다 열어 놓은 창문으로 꽃향기 대신 뿌연 연기와 매캐한 냄새가 들어왔다. 수업 중에 친구들은 최루탄 냄새로 고통스러워하며 잦은 기침과 함께 눈물을 흘렸다. 수업하던 선생님들은 학생들의 동요를 막으려 창문을 닫으라고 하면서도 매우 난감한 표정을 지었다. 그런 일이 자주 일어나면서 우리는 그 상황에 차츰 익숙해져갔다. 선생님들이 수업 중에 가끔 시국 상황에 관해서 이야기해 주었지만, 무슨 내용인지 잘 이해가 되지 않았다. 선생님들은 정부에 대해서 비판하는 단호함보다는 조심스러움을 택했다. 그런 선생님들을 친구들은 이해하고 있었다. 단호함을 선택한 선생님들이 교장실에 불려 가 호통을 당한다는 소문이 돌았기 때문이다. 같은 나라에서 다른 사상을 가지고 편 가르기를 하고 있다는 것과 노동자들이 착취를 당하고 있다는 이야기에 우리는 익숙해져가고 있었다. 입시의 부담으로 '공부'라는 단어가 머리에 가득 차 있을 시기였기에 '사상'과 '노동자'라는 단어는 우리에게 거리감이 느껴졌다.

친구들과 강원도를 다녀온 지 얼마 되지 않아서, 승렬이가 방과 후 학교 밖에서 만나자고 했다. 학교를 마치고 우리는 교정 뒤에서 봐 왔던 하얀 집을 지나, 천변 옆 큰길 사거리에 있는 제과점으로 향했다. 학교 정문은 내리막길로 약간 가팔랐지만, 내려오는 속도를 맞춰가며 우리는 발걸음을 같이했다.

"이 집이 우리가 보던 그 하얀 집 같은데, 보기보다 상당히 크네. 집 안에 정원도 있고, 정말 멋있는 집이야!"

승렬은 그 하얀 집이 좋아 보였던지 담장 너머로 그 집 안을 기웃거렸다.

"가까이서 보니 생각보다는 그렇게 하얗게 보이지는 않네. 하기야 하얀 집은 청소를 자주 하지 않으면 더러워 보일 수도 있어."

나는 지난번 승렬이가 했던 하얀색이 싫증을 유발한다는 말이 떠오르자, 그의 말에 동의하지 않은 것이 생각나서 던진 말이었다.

"글쎄! 까만 기와지붕과 잘 어울려서 그런지 하얀 집이 깨끗해 보이네."

그는 하얀 집에 대한 부정도 긍정도 하지 않았다.

승렬과 마주 앉은 제과점의 탁자가 조금 흔들거렸다. 순간 나는 흔들리는 물컵을 한 손으로 잡았다. 탁자 다리의 높이가 조금 차이나 보였다. 승렬은 뭔가 말을 하려다가 잠시 멈칫하였다. 지난번 바닷가에서 승렬이가 했던 말들이 스쳐 지나갔다.

"오늘 보자고 한 건 다름이 아니라, 선배들이 얼마 전에 독서클럽에 가입하라는 권유가 있어서 너와 같이 가입하면 어떨까 싶은데……."

그와 알고 지낸 지 얼마 되지는 않았지만, 가볍게 말할 친구가 아니라는 것을 알고 있었다.

"매주 금요일 저녁에 혜화동 가톨릭 회관에서 독서토론을 하는데, 대학 선배들도 같이 참여한다고 했어. 여러 가지로 많은 공부가 될 것 같아서 너랑 같이 다니고 싶네."

그의 말은 권유였지만 필연으로 들렸다. 승렬이도 어렵게 말하고 있는데 생각해보겠다는 정도의 답변은 거절로 받아들여질 수 있을 것 같았다.

"그래. 같이 한번 가보고 결정할게. 이번 주에 같이 가자."

나는 확답을 하지 않았지만, 승렬은 긍정적으로 받아들이는 듯했다.

금요일만 되면 다음 날이 주말이라 마음이 가벼웠다. 오후에 수업을 마치고 승렬과 같이 독서클럽에 참석했다. 다양한 지식을 얻을 수 있을 것 같았고, 선배들의 진지한 태도를 보면서 나는 입회원서를 제출했다. 저녁에 집으로 돌아와 오늘 토론했던 내용에 대해 이런저런 생각을 하던 중, 혹시 도움이 될 책을 찾기 위해 누나 방으로 들어갔다. 누나 책꽂이의 많은 책 중에 유난히 눈에 띄는 책이 하나 있었다. 얇지만 일반 서적보다 길었고, 바탕이 빨간색으로 상당히 강렬해 보였다. 책을 꺼내서 보니 시인의 자화상이 있는 표지에는 '거대한 뿌리'라고 세로로 적혀있는 '김수영' 시집이었다. 나는 처음 접해보는 시집이라 목차에 나오는 시 제목들을 보다가 '풀'이라는 제목을 발견하였다. 그 페이지를 펼쳐서 시를 읽어보았다. 내용을 깊이 이해하지는 못하였으나, 나도 모르게 첫 연을 읊조렸다.

풀이 눕는다
비를 몰아오는 동풍에 나부껴
풀은 눕고
드디어 울었다.
날이 흐려서 더 울다가
다시 누웠다.

서정적인 시라는 단순한 생각을 하면서도 뭔가 느껴지는 것이 있었다. 그 시의 마지막 연에 나오는 '풀뿌리'라는 의미가 궁금해졌다. '풀'과 '바람'이라는 단어가 머릿속에서 오랫동안 떠나질 않았다. 시

집을 다시 놓여있던 책꽂이에 꽂아 놨다. 혹시 누나가 책을 만졌다고 야단치지 않을까 걱정이 되었기 때문이었다. 언젠가는 다시 한번 봐야겠다고 생각했다.

고등학교 올라와서 처음 여름방학을 맞이했다. 그동안 보지 못했던 책들을 읽으며, 더위와 씨름을 하고 있었다. 2층 창밖으로 멀리 빈 땅에 누군가가 심어놓은 옥수수들이 어느새 자라서 고개를 쳐들기 시작했다. 아직 강남이 개발 초기라 집 사이로 군데군데 빈 땅들이 많이 보였다. 그곳에는 많은 농작물이 심겨 있었다. 아침부터 식구들이 외출한 집은 조용했다. 선풍기 돌아가는 소리와 가끔 들리는 벌레 소리가 유일하게 내 귀를 자극하고 있었다. 집 안의 정적을 깬 것은 전화벨 소리였다. 1층 응접실로 내려가는 계단은 오늘따라 짧은 느낌이 들었다.

"오랜만이다. 오늘 시간이 되면 집으로 놀러 가도 될까?"

수화기 너머로 승렬의 반가운 목소리가 들렸다. 독서클럽 다니면서 집에 많은 책이 있으니 구경 오라던 말이 떠올랐다.

"괜찮아. 안 그래도 한번 보고 싶었는데 어떻게 지냈니?"

승렬의 집이 강북에 있어 그의 집에서 오기에는 가까운 거리는 아니었지만, 반가움이 거리를 좁힐 듯했다.

"자전거 타고 가면 1시간 정도 걸리겠지?"

강남에 많은 아파트와 주택들이 들어서기 시작하면서 길도 넓어져, 그가 자전거를 타고 오기에는 별 어려움이 없을 것이다. 아무도 없는 조용한 집에서 그와 여유로운 시간을 보낼 수 있을 것 같았다.

그동안 독서클럽을 같이 다녔던 우리는 많은 시간을 함께 했다. 독서토론을 하면서 가끔 이견 때문에 언쟁을 하기도 했지만, 그것이 우리의 우정을 갈라놓지는 못했다. 독서클럽은 선배들이 사전에 정해준 독서 리스트에 있는 책을 읽고, 내용에 관한 토론 후 대학에 다니는 선배가 총평해 주는 방식으로 진행되었다. 그동안 읽었던 책들은 민족주의 색채가 강한 김구, 안창호 선생 등 독립운동가를 중심으로 한 내용이었다. 독서클럽 이름은 '대동회(대한민족동지회)'였다. 선배들은 민족의 주체성을 인식해서 앞으로 국가를 위해서 무엇을 해야 할지를 배우자고 했다. 거창한 클럽 명칭과 선배들의 구호에 나는 처음에 어리둥절하였다. 선배들의 너무 거대한 목표 의식 앞에 중압감과 거부감을 느꼈다. 승렬이가 토론에 참여하는 모습을 보면서 나도 모르게 조금씩 그 분위기에 젖어들고 있었다.

독서클럽은 다니기 시작한 지 몇 개월이 되지 않아 외부의 커다란 사건으로 모임이 중단되었다. 그 일이 있고 난 뒤, 한동안 승렬과 대화를 나눌 수 있는 시간이 없었다. 기회가 되면 그와 누나가 소장하고 있는 서적들을 보며 그동안 못 나눈 이야기를 하려고 생각했다. 우리가 토론하면서 결론을 내리지 못했던 그런 내용에 도움이 되는 책들이 누나의 책꽂이에 많이 있었다. 그녀가 지금 쓰고 있는 박사논문이 '동학혁명'에 관한 것이라 그 친구가 관심을 가질만한 책들이 많았다.

승렬은 책장을 둘러보더니 한 권의 책을 꺼냈다. 내가 얼마 전 누나의 책꽂이에 다시 꽂아뒀던 김수영 시집이었다. 그는 김수영 시인에 대해서 이미 알고 있었다.

“김수영 시인은 현실의 억압과 좌절 속에서도 당당하게 일어서서 현실 참여를 해야 한다고 외쳤던, 1960년대의 대표적인 시인이었지.”

승렬은 약자들의 삶의 질을 높이기 위해서 먼저 해야 할 것이 현실 참여라고 했던 기억이 났다. 페이지를 넘기던 승렬이가 잠시 손을 멈추었다. 그리고 작은 소리로 시의 한 구절을 읽기 시작했다. 「거대한 뿌리」였다. 처음에는 나직한 소리로 읽어 나가던 승렬은 점점 거칠어지는 목소리로 외치듯 낭송하였다.

> 나는 이사벨 버드 비숍 여사(女史)와 연애하고 있다.
> 그녀는 천팔백구십삼(一八九三) 년에 조선을 처음 방문한
> 영국 왕립지학협회 회원이다.
> 버드 비숍 여사를 안 뒤부터는 썩어빠진 대한민국이
> 괴롭지 않다 오히려 황송하다.
> 역사는 아무리 더러운 역사라도 좋다.

그의 입에서는 듣기 거북하고, 말로 표현할 수 없는 단어들이 튀어나왔다. 갑자기 가슴이 답답해지면서 구토를 느꼈다.

내 마음속에 오랫동안 간직했던 하나의 꿈이 있었다. 고등학교 시절, 교정 아래 보아왔던 하얀 집에서 사는 것이었다. 하얀 집이 주는 편안함과 깨끗함이 좋았다. 그때는 그랬다. 가끔 차를 타고 학교 근처에 있는 그 집을 지나칠 때면 만감이 교차했다. 친구 승렬과의 방황했던 사춘기 시절의 기억을 오랫동안 잊고 살아왔다.

세월이 흘러서 고교 시절 꿈에 그리던 그 집을 장만했다. 하얀 집으로 이사하던 그날을 잊을 수가 없다. 주말에는 정원을 가꾸며 온 정성을 쏟았다. 어릴 적 보아왔던 하얀 집이 빛바랜 집으로 변하기 전에 그리고 내 희망이 사라지기 전에 더욱 멋있는 하얀 집을 만들기로 했다. 학창 시절 그렇게 꿈꾸던 집에서 살게 되었지만, 그 기쁨도 오래가지 않았다.

세월의 흔적들을 지우듯이 아름답던 주변의 많은 집이 허물어지고 있었다. 그 자리에는 새 건물들이 들어섰다. 높은 울타리가 부담스러웠다. 밖에서 잘 보일 수 있도록 울타리를 걷어냈다. 그렇게 손질을 하면서 내가 오래도록 그려왔던 집으로 만들어갔다. 주변의 개발로 점점 누추해지는 하얀 집을 보면서 승렬과 했던 이야기를 지금도 또렷하게 기억하고 있다.

"하얀 집이 눈에는 금방 띌 수 있지만, 오랫동안 보면 싫증이 날 것 같아."

어디선가 들려오는 듯한 그의 목소리에 뒤를 돌아보았다.

졸업 후 우연히 길에서 승렬을 보았다. 그는 긴 머리에 까맣게 그을린 얼굴로 알아볼 수가 없었다. 너무 변해버린 그의 모습을 보면서 짧지 않은 세월을 느꼈다.

“승렬아! 정말 오랜만이네. 그동안 연락도 없이 어떻게 지냈니?”

먼저 알아본 내가 승렬에게 반갑게 다가가서 포옹하며 악수를 했다.

“그동안 연락 못 해서 미안해. 일하면서 공부하려니 정말 정신이 없었어.”

그는 대학에 진학하면서, 야간에는 공장에서 일한다고 했다. 오랫동안 보지 못했던 그와 그동안의 회포를 풀었다.

길지 않았던 독서클럽에 관한 이야기도 빼놓지 않았다. 우리 집에서 읽었던 김수영 시인에 대해서 이야기할 때는 승렬의 얼굴이 조금씩 변해갔다. 술이 여러 순배 돌아가자, 그는 갑자기 기억이 났는지 김수영 시인의 「거대한 뿌리」를 또박또박 암송하기 시작했다.

> 비숍 여사와 연애를 하는 동안에는
> 진보주의자와 사회주의자는 네에미 씹이다.
> 통일도 중립도 개좆이다.
> 은밀도 심오도 학구도 체면도 인습도 치안국으로 가라.

승렬은 잠시 흥분을 가라앉히더니 '비숍 여사'에 대한 이야기를 했다.

"그녀는 '조선과 그 이웃 나라들'이라는 책에서 동학혁명, 갑오개혁 등 1894년부터 1897년까지 한국의 근대사를 기록했지."

그의 눈망울은 뭔가에 빠져있었다.

"그녀가 처음 한국에 왔을 때 느꼈던 혐오감이 한국을 떠나면서 거의 애정에 가까운 관심으로 바뀌었다고 했어."

승렬은 김수영 시인에 대해서 계속 말을 이어갔다.

"그는 한국의 낡은 전통을 갈아엎고자 했지만, 그것은 부정이 아니라 깊은 애정이었어. 그런데 외국인인 비숍이 우리의 전통을 부정하고 비하하자, 그에게 강한 반동이 작동했을 거야. 그는 비숍의 인식을 그대로 이어가는 지식인의 패배 의식에 침을 뱉었지. 그가 우리 전통과 역사에 대한 뿌리 깊은 애정이 결여되었다면, 그의 모더니티는 얼마나 피상적이고 천박했겠어."

그는 취기가 오르는지 긴 한숨을 내쉬었다.

"나는 그동안 사회혁명은 어느 순간 필요 때문에 일어난다고 생각했는데……."

그는 자신부터 지속적인 개혁을 해야 한다는 깊은 반성을 느끼고 있다고 했다. 그 자신이 이 현실 속에 던져진 나약한 모습으로 보인다고 했다.

"김수영 시인의 「거대한 뿌리」는 내가 그동안 생각했던 삶의 실을 바꿔버렸어."

그는 자신과 싸움에서 결과를 볼 수 없는 현실 때문에 커다란 장벽을 느끼고 있는 듯했다. 지금 상황에서 그에게 해 줄 말은 없었다. 현실과 이상이 그에게는 넘을 수 없는 벽이듯이 나 또한 현실 속에 던져진 어린아이와 같다는 생각이 온몸으로 밀려들었다. 내가 지금 사는 아파트에는 실내 수영장과 커다란 마트가 있다. 그곳에서 일상을 사는 사람들의 모습이 승렬에게는 다가오지 않을 것이다. 구로동의 봉제 공장에서 재봉틀을 돌리고 있는 여직공들의 머릿속에는 시골에서 농사짓고 있는 가족들 생각으로 가득 차 있을 것이다. 삶의 괴리감을 그에게 말하는 것은 이중적 사회를 부정하는 것으로 생각했다.

승렬과 헤어지면서 나는 입영통지서를 받았다고 이야기해 주었다. 혼란한 사회에서 방황과 갈등을 겪으며, 내가 정당하게 도피할 방법을 택한 것이다. 정권의 유지를 위한 군대인지, 국가를 위한 군대인지 알 수는 없었다. 국가에 대한 의무를 택한 나의 합리화가 제일 나은 방법이었다. 그가 내게 쥐여준 연락처를 받아 들면서 우리의 희망을 위해서 열심히 노력하자는 말도 잊지 않았다. 멀리 승렬의 걸어가는 뒷모습이 무거워 보였다.

"김 상병님! 위병소에서 면회 연락이 왔습니다."

평일 이른 아침에 면회 올 사람이 없는데, 순간 불길한 예감이 들었다. 수많은 생각을 하면서 위병소로 달려갔다.

"승렬이가 어제저녁에 병원에서……."

승렬과 같은 대학에 다니는 친구가 나를 보는 순간, 울먹이기 시작하면서 힘들게 한 말이었다. 면회실 옆에 울창하게 우거진 나무들 사이로 나뭇가지에 앉아 있던 새 한 마리가 퍼드덕거리며 날아갔다. 몇 개의 잎새가 소리 없이 떨어지고 있었다. 잔인한 5월이었다. 얼마 전 휴가 때 만났던 승렬이가 했던 말이 떠올랐다.

"혹시 무슨 일이 있더라도 내 걱정하지 마."

술에 취한 얼굴이 불그스레해지면서, 눈동자가 몽롱해 보이던 승렬이가 무심코 던진 말이라고 생각했었다. 그의 눈동자는 무엇을 응시하며 고정되어 있었다. 예전에 볼 수 없던 불안감이 느껴졌다.

휴가를 마치고 귀대를 하자 부대의 상황은 매우 급하게 돌아가고 있었다. 신문에는 연일 광주 사태 기사로 도배하고 있었다. 나는 부대에서 계엄령이 선포되면서 면회 및 외박이 금지된 채, 폭동진압훈련에 주력하고 있었다. TV 시청도 금지하여 국내에서 어떤 일이 벌어지고 있는지 알 수가 없었다. 시내 중심가에서 대규모 집회가 열리면, 폭동진압 장비를 갖추고 출동 준비를 하는 것이 유일한 일과였다. 광주에서 폭동이 일어나서 많은 사람이 죽었다는 이야기가 들려왔다. 봄꽃이 떨어지기 시작하자 면회가 허용되었다. 그리고 승렬에게 무슨 일이 일어났었는지 친구를 통해서 알게 되었다.

승렬이가 다니던 공장에는 광주에서 올라온 노동자들이 있었다. 그들 중 일부는 연일 가족들의 소식들을 들으며, 불안한 마음에 금방 다녀오겠다고 하면서 광주로 내려갔다. 시산이 지나면시 그들의 소식도 끊기기 시작했다. 승렬과 같이 일하던 친구들도 광주로 내려가서 소식이 없자, 답답한 마음에 그는 그곳으로 갔다. 먼저 갔던 친구들은 이미 현지에서 광주시민군에 참가하고 있었다. 승렬도 그들과 연락이 되면서 합세했다. 광주시민군은 정부 당국이 야간 계엄령을 확대 선포하고, 시민들을 연행하는 데 항의하는 시민들을 무차별 발포를 했다고 주장했다. 계엄 당국은 가족들을 지키기 위해서 총을 든 시민군들을 폭도로 몰아가고 있었다. 승렬은 시민군 진압과정에서 계엄군에 의해서 부상을 당해 치료를 받던 중이었다.

군에서 제대하고 내가 제일 먼저 달려간 곳은 승렬의 묘소였다. 승렬의 부고를 받은 그날, 부대에서 급하게 외출 허가증을 받아 그의 관을 친구들과 들고 올라갔던 곳이었다. 나는 그날 그의 관을 묻으면서 한없이 울었다. 그의 죽음은 내가 태어나서 처음 겪은 충격적인 일이었다. 3년간 같은 반에서 함께 보냈던 친구였다. 그와 남다른 우정을 간직했기에 내 마음의 충격과 상처가 컸다. 그가 추구했던 삶의 질은 무엇이었을까? 우리 세대에서 바뀔 수 있을지 모르지만, 많은 시간이 필요했다. 그가 느꼈을 벽은 그가 생각한 이상으로 높았을 것이다. 비록 짧은 생을 마감한 승렬은 나에게 강렬하게 각인되어 오래도록 내 기억 속에 남아있다.

집 근처 천변을 걷다가 발걸음을 돌렸다. 산 위에 있는 승렬과 다녔던 고등학교로 향했다. 주변에 있던 집들은 세월의 흔적만큼 이미 아파트로 변해있었다. 언덕길이라 숨이 찼다. 교문 입구의 학교 명판은 그대로였다. 교문을 지나 강당 앞에 '교복 단정'이라는 구호가 있던 큰 거울도 세월이 흘렀으나 그 자리에 그대로 있었다. 거울로 비치는 40여 년이 지난 내 모습은 이제 초로가 되어 있었다. 오랜만에 올라온 교정은 알아볼 수 없을 정도로 달라져 있었다. 운동장에는 인조 잔디가 깔려 푸른 초원처럼 보였다. 그곳에서 후배들이 공을 차며 뛰어다니고 있었다. 교정 모퉁이를 돌아 동네 집들이 보이는 교사 뒤로 갔다. 아래에 보이던 그 많은 집은 자취를 감추고 몇 개의 집만 남아있었다. 내 시선이 머문 곳은 지금 사는 그 하얀 집이었다. 처음 친구와 본 그대로의 모습이었다. 달라진 것이라면 담장이 없어진 것뿐이었다. 주변에 높은 빌라와 빌딩으로 둘러싸인 하얀 집은 매우 초라해 보였다.

승렬이가 등 뒤에서 내 어깨를 감싸며 내게 물어보는 듯했다.

"아직도 하얀 집이 좋으니?"

나는 그를 돌아보면서 말했다.

"아니! 이제 하얀 집이 싫증이 나기 시작하네."

그에게 물어봤다.

"너는 아직도 비숍 여사가 그리워?"

가까이 보이던 승렬의 모습이 저 멀리 사라지면서, 하얀 집이 눈물에 가려 조금씩 흐려지기 시작했다.

솔로 탈출기

남들은 나를 빛바랜 솔로라고 부르지만, 나는 그 말을 부정한다. 거리에는 많은 남녀가 정다운 모습으로 서로를 응시하면서, 손을 잡고 애정을 과시한다. 남자의 손이 여자의 허리를 감싼 채 걷는 모습은 이제 이상할 게 없다. 그들의 머릿속에는 또 다른 각자의 생각들이 정신없이 펼쳐지고 있을 것이다. 그들은 먼 미래에 펼쳐질 행복한 가정생활을 꿈꾸거나, 지금 타오르는 그들의 뜨거운 심장을 식혀줄 수 있는 행위를 기대할 수도 있을 것이다. 그 어떤 생각도 그들이 지금 느끼고 있는 감정일 것이며, 서로의 생각이 맞아떨어진다면, 즉각적인 반응과 행동으로 옮길 수도 있을 것이다.

나는 그 어떤 기대도 나에게는 다가오지도 않았고, 무의미하였다. 내가 아직 솔로로 남아있는 것은 먼 미래의 행복을 심각하게 고민하는 것도, 그렇다고 일시적이며, 탐욕적인 감정을 추구하려는 것은 더구나 아니다. 그러한 감정을 느끼지 못했고, 감정을 느낄 수 있는 대상이 없었을 뿐이다. 내가 나이가 많다고 남들은 빛바랬다고 하지만, 솔직히 아직 내 인생에서 그러한 빛을 찾지 못했을 뿐이다. 나는 빛바랜 솔로가 아니라 빛나는 솔로다.

그녀와 첫 만남은 조카 녀석 때문이었다. 어느 주말에 갑자기 누나에게 전화가 왔다. 가족이 연휴로 며칠간 일본에 가게 되었다는 것이다. 조카 녀석이 키우던 강아지를 데리고 간다고 떼를 쓰던 중, 외삼촌에게 맡기고 가자는 제안을 조카 녀석이 흔쾌히 수락했다고 한다. 주말이면 집안에서 혼자 빈둥거리며 사는 내가 심심할 거라는 생각이 문뜩 든, 누나의 주관적인 판단과 심각한 고민 끝에 내 얼굴을 떠올리며 흐뭇한 미소로 바뀐, 조카 녀석이 빚어낸 모녀의 호흡이 맞은 앙상블이었다.

누나가 조카 녀석 어릴 적, 많은 짐을 든 채로 아이를 등에 업고 집에 나타나던 모습을 다시 보게 되면서, 반가움보다 걱정이 앞섰다. 그 많은 짐 속에 뭐가 들었는지 모르지만, 커다란 짐 몇 개와 가방 안에 든 그녀를 처음 본 순간이었다. 그녀의 까칠한 모습과 째려보는 눈빛이 다른 개와 달라 보였다. 며칠간 예상되는 악몽이 벌써 머릿속을 헤집고 다녔다. 두 여자가 의기양양하게 손을 흔들며, 수고해 달라는 말과 함께 아파트 문을 열고 신나 보이는 그들의 뒷모습이 사라지자, 그녀는 나를 보며 짖기 시작했다. 주인과 갑작스럽지만, 예상했을 단절과 함께 몰려오는 두려움 때문일 것이다. 혹시 경비실에서 연락이 올까 봐 안절부절못하는 내 모습이 싫어지기까지 했다.

누나 가족이 일본에서 멋있게 보낼 때쯤, 내가 겪은 연휴는 그들의 즐거움과는 정반대로 정신없이 흘러갔다. 가끔 그들을 원망하기도 했지만, 금방 현실 속에 묻혔다. 알토란 같은 연휴를 그녀와 뒹굴며 서로 알아가는 시간이 그리 길지는 않았다. 처음에는 주인이 아닌 나에게 경계를 하면서 다가서기를 두려워하던 그녀였다. 집안을 돌아다니면서 그녀의 영역을 하나씩 확인할 때마다, 나는 쫓아다니며 그녀의 흔적을 없앴다. 그녀는 내가 그 짓을 거의 포기할 때까지 멈추지 않았다.

누나가 알려준 그녀의 식성은 나의 레시피를 비난하는 듯 정성스럽게 만들어 준 음식을 거의 먹지 않았다. 흩어진 음식을 주워 담으며 그녀를 원망도 하고 때려주고 싶은 생각도 들었지만, 나의 인내심이 그녀를 포기하게 했다. 혹시 누나가 돌아왔을 때 그녀의 몰골을 보고 나를 비난할 거라는 생각을 하면, 여름도 아닌데 등에 땀이 흘러내렸다. 며칠 지나면서 그녀의 꼬리 흔들기가 시작되었다. 자다가 옆에 누군가가 있다는 느낌을 받았을 때는 아파트 사람들을 즉시 기상시킬 수 있는 소리를 지를 뻔했다. 살아오는 동안 옆에서 누구랑 자본 기억은 어머니가 나를 젖 떼어낼 때까지 라고 추측할 뿐이다. 옆에 온기(溫氣)와 함께 물컹한 물체를 접했을 때, 그 느낌은 군대 유격훈련에서 절벽 밑으로 하강하던 아찔했던 순간을 떠올렸다. 몽롱하지만 이상하게 내가 살아 있다는 그런 느낌이 들었다. 조금씩 내가 베풀어 주었던 서툴지만, 진지한 보살핌이 그녀에게 깊이 전달이 되어가고 있었다.

두 여자가 사라졌던 문을 다시 열고, 일본 냄새를 풍기며 모습을 드러냈을 때는 내 뺨에 눈물이 흘렀다. 그 눈물은 내가 솔로로 살아가면서 처음 느낀 그런 눈물이었던 것 같다. 누구에게도 줄 수 없었던, 어딘가 깊은 곳에 숨어 있다가 홀연히 나타난 감정처럼 무엇인지는 모르지만, 가슴을 쓰라리게 했다. 그 며칠간 나를 그 지경으로 만들어 놨던, 그녀가 갓 6개월이 지난 새끼 때였다.

그녀와 헤어진 후 가끔 그녀의 목소리가 들리는 환청도 느꼈고, 누나 집에 가서 그녀를 보고 싶다는 생각도 했었다. 정신없이 보냈던 그녀와 며칠이 이제는 그리움으로 남을 때쯤, 작은누나의 목소리가 핸드폰에서 튀어나왔다.

"시간이 되면 집으로 한번 놀러 와라."

누나의 목소리가 여느 때보다는 부드러웠으나, 뭔가 심상치 않은 냄새가 났다. 항상 혼자 있는 나에게 희망과 용기를 주기 위한 만찬을 준비했다는 뉘앙스는 적어도 아니었다.

"무슨 일 있어?"

누나는 집에 와서 이야기하자는 말로 나의 궁금증을 끊어 버렸다. 분명히 작은 누나가 나에게 뭔가를 부탁하려는 생각이 드는 것은 그녀의 성격을 꿰뚫고 있었기 때문이다. 전에도 여러 번 곤란한 문제가 생기면 나에게 구걸하다시피 부탁을 했고, 그때마다 나는 여린 마음에 그녀의 부탁을 거절하지 못했다.

어머니가 돌아가신 후, 누나가 기댈 수 있는 것은 하나밖에 없는 남동생이었다. 그것은 가족의 믿음과 노총각이 혼자 산다는 측은함이었을 것이다. 누나가 여러 번 소개해준 여자들이 번번이 퇴짜를 놓을 때도 '짚신도 짝이 있다'라는 말로 위로해 주던 그녀였다. 나는 누나를 의지했고, 항상 가족의 소중함을 그녀를 통해서 알고 있었다.

며칠 후 누나 집으로 들어가는 순간 귀에 익은 소리가 들렸고, 동시에 다른 방에 있다가 나에게로 달려오는 그녀를 보았다. 내가 생각했던 그녀가 더욱 성숙해진 모습으로 내 앞에서 꼬리를 치며 반가워하는 제스처를 보며, 오랫동안 만나지 못했던 자식과 해후(邂逅)하는 기분이 들었다. 나와 같이했던 짧은 기간이었지만 그녀는 나를 또렷하게 기억했고, 짖는 소리가 우렁차기도 했지만 '왜 지금 왔어?'라는 애절함도 느껴졌다. 내 주위를 뱅뱅 돌면서 어찌할 줄 모르는 그녀를 보면서 나도 모르게 그녀를 들어 올리면서 꼭 껴안아 주었다. 그녀의 따뜻한 가슴이 내 몸을 감싸고 있었다.

"내가 보자고 한 것은 매형이 해외로 발령이 나서 가족이 같이 가게 되었어……."

무역회사에 근무하는 매형은 해외 주재원으로 여러 번 나갔었다.

"정기 인사가 아니라, 갑자기 발령이 나서 정신이 없구나. 아이들 학교 문제도 있고 해서 현지 학사일정에 맞추려면 곧 들어가야 하는데 저놈이 문제네."

누나는 그녀를 가리키며, 조카가 데려가고 싶다고 하지만 현지 사정이 어떨지 몰라서 한국에 놔두고 갈 수밖에 없다는 설명을 어렵게 하고 있었다.

“내가 개를 키워본 경험도 없고, 회사 일로 늦게 퇴근하고, 출장도 다녀서 어려울 것 같네.”

기어들어 가는 목소리로 변명 아닌 변명을 하며 누나를 쳐다보지도 못하고 말하는 순간, 내 가슴에 안겨 있던 그녀가 다시 꼬리를 흔들기 시작했다.

“그럼 내가 다른 곳에 알아볼게.”

누나는 내 말에 미안했던지 내 눈치를 보면서 말을 돌렸다. 그녀는 우리 대화를 알아듣는지 모르는지 연신 꼬리를 흔들고, 혀로 내 얼굴을 핥으며 내 마음으로 다가왔다. 순간 작은누나와 나의 시선이 잠시 마주쳤다.

“아냐! 내가 데려갈게. 며칠만 시간을 줘.”

나도 모르게 누나에게 그렇게 말하고는 그녀를 쳐다보면서 머리를 쓰다듬었다. 그녀는 꼬리를 보이지 않을 정도로 흔들고 있었다. 얼마 후 그녀와의 본격적인 동거가 시작되었다.

그녀의 이름을 ‘하나’로 부르게 된 것은 나와 하나가 된 것처럼 항상 붙어 다니기 때문이다. 하나는 지금 내가 의지할 수 있는 유일한 파트너이다. 그녀를 집으로 데리고 온 이후, 애인 만날 시간만 기다리는 사람이 시계만 들여다보듯이 눈과 시선을 시계에 고정한다. 땡치면, 창가에 앉아 있는 부장의 눈치를 보면서 슬그머니 사무실에서 빠져나온다. 처음에는 일시적인 현상이겠지 생각하던 동료들도 어느덧 내게 여자가 생겼다는 의심의 눈초리를 보내고 있었다. 부장과 저녁 술 파트너로 굳어져 있는 나를 부러워하던 그들은 그 자리를 탐내기까지 했다.

아침에 들려오던 부장의 기분 좋은 목소리는 사무실에서 사라진 지 오래되었다. 짜증을 내는 부장의 모습을 대할 때마다, 동료들은 나에게 비난의 화살을 쏘아대기 시작했다. 사무실에서 온종일 그녀를 생각하면, 일이 손에 잡히지도 않았다. 가끔 부장의 날카로운 시선이 날아오기도 했지만, 나는 그녀를 생각하며 그 시선을 공중에 날려버리고 빨리 집으로 갈 생각에만 몰두했다. 어느새 나는 퇴근 시간을 지키라는 회사의 지시를 순종하며, 유유히 사라지는 모범사원이 되어있었다.

그녀와 산책을 하는 것이 이제는 일상생활이 되어간다. 산책 시간이 되면 그녀는 재촉이라도 하듯이 문 앞에서 나를 쳐다보며 꼬리를 흔들기도 하고, 문을 박박 긁으며 '끙끙' 대기도 했다. 하나는 귀여운 얼굴에 짧지만, 곧게 뻗은 단단한 다리를 가지고 있다. 산책할 때면 하나는 곧게 뻗은 다리를 뽐내듯 땅에 코를 박고, 냄새를 맡으며 자신만만하게 여기저기를 돌아다닌다.

나는 하나의 다리가 내 심벌처럼 느껴지는 착각에 빠질 때가 있다. 그녀의 뒤태는 누구도 넘볼 수 없는 자신감에 도도함까지 보이기도 한다. 그녀가 걸을 때 짧은 꼬리의 강렬함은 내가 정상적으로 걸을 수 없을 정도의 자극으로 다가와 옆에 지나가는 사람들의 눈치를 보게 만들었다. 그 순간 내가 아직 살아있다는 강한 인식을 심어

주는 하나에게 항상 무한한 존경을 표하였다.

하나는 입가에 덥수룩하게 난 털 때문에 독일어로 수염이라는 뜻의 '슈나우저'라고 부른다. 하나는 라틴어로 '땅을 파다'라는 뜻을 가진 테리어 종이다. 그녀는 이름처럼 항상 내 침대를 어슬렁거리며, 낮에는 침대 밑으로 들어가 땅굴을 파듯 발로 바닥을 긁어 자리를 만든 다음 낮잠을 즐긴다. 그곳은 내가 없을 때 그녀의 안식처로 사용한다. 그녀는 슈나우저답게 늘 부지런히 움직인다. 그녀가 집 안을 돌아다닐 때는 진공청소기를 돌리는 소리가 나기도 한다.

그녀는 자기주장이 강해서 내 주인처럼 여겨질 때도 있다. 그녀는 장난치기를 좋아해서 주말에 늦잠을 자는 나에게 다가와 코를 들이대며 나를 깨운다. 집에 온 방문객이나 산책하다 다른 동물을 보면, 사냥개의 본능을 여지없이 드러내 사납게 짖어대며 상대방을 제압하기도 한다. 하나는 털이 잘 빠지지 않는 편이라 특별히 털 관리를 할 필요는 없었으나, 나는 그녀의 미용에 각별하게 신경을 쓴다. 등을 짧게 밀고 얼굴과 가슴에 난 털은 조금 길러주고, 털이 긴 부분은 뭉치지 않도록 항상 빗질해 준다. 산책 후에는 목욕을 시켜 청결하게 해 주면, 그녀는 그런 내게 보답이라도 하듯 긴 혓바닥으로 얼굴을 핥으면서 짧은 꼬리를 힘차게 흔들어준다.

오늘도 산책을 나온 우리는 작은 개천이 흐르는 집 주변을 한 시간 정도 도는 중이다. 산책로 주변에는 봄꽃들이 만개하였다. 하나는 이 꽃, 저 꽃, 향기를 맡는 일에 정신을 팔기도 하고, 그곳에 주저앉아서 나랑 같이 놀다 가자고 응석을 부리기도 한다. 나는 그녀의 애교에 언제나 약했다. 그녀를 데리고 산책로에서 조금 벗어난 한적한 곳으로 가면, 그곳에는 벤치가 있다. 나무가 많아 그늘져 있어 태양이 강하게 내리쬘 때면 최적의 휴식처가 되어 주었다.

내가 벤치에 앉아 있으면, 하나는 주변에서 코를 끙끙거리고 냄새를 맡으면서 짧은 꼬리를 좌우로 힘차게 흔들었다. 나는 하나의 그런 행동을 볼 때마다 묘한 충동을 느끼곤 한다. 하나의 꼬리가 발정난 남자의 힘처럼 보이기 때문이다. 하나가 몸을 움직일 때면 꼬리는 더 강하게 움직이고, 그때마다 내 기분은 몽롱해지기조차 했다. 꼬리를 흔들고 있는 그녀를 물끄러미 쳐다보며 며칠 전 일이 문뜩 떠올랐다.

회사에서 하나 생각을 하며, 퇴근 준비를 하고 있을 무렵이었다.

"선배님! 내일 어때요?"

상윤이가 약간 들뜬 목소리로 내게 물었다.

"좋은 일 있어?"

회원에게 날자 통보와 함께 이벤트가 준비되어 있다는 것을 공지하는 것이다.

나와 상윤은 회사 내에 있는 '싱글 클럽'의 멤버였다. 그와 벌써 호흡을 맞춘 지도 여러 해가 지났다. 멤버 가입의 최우선 조건은 애인이 없어야 한다. 회원들의 엄격한 심사는 첫사랑부터 시작이 된다. 첫사랑이 일방적이라면 문제가 없었으나, 양방향이라면 부연 설명을 요구하기도 했다. 애인이 생기면 그날로 자동 탈퇴였다. 재가입은 허용되지 않는다. 순종의 솔로만을 고집하기 때문이다. 모임이 있는 날 시간을 지키는 일도 반드시 준수해야 할 중요한 규칙이었다. 해외 출장 중이거나 회원들이 인정할 만한 사유가 없는 한 반드시 참석해야 한다. 싱글 클럽 멤버들은 회원의 자격을 상실하지 않으려면 규칙은 물론이고, 그날의 모임에서 일어난 일들에 대해서 정신적인 순결을 지켜야만 한다.

싱글 클럽은 누가 콜을 하던 항상 의결정족수를 넘어섰다. 그 숫자는 절체절명(絶體絶命)의 생리적 위기에서 벗어나기를 원하는 수컷들의 열망이 그만큼 간절하다는 것을 의미하기도 한다. 회원 수는 많지는 않지만, 그들의 클럽에 대한 애정과 솔로의 순수성은 자부할 수 있다. 내가 이런 싱글 클럽 회장을 맡은 지도 벌써 3년이 되어간다. 전임 회장이 애인이 생겨 탈퇴하면서, 나의 순결함을 회원들의 만장일치로 인정해줘 회장을 맡게 된 싱글 클럽이다. 오늘은 새 멤버의 환영회가 있는 날이다. 싱글 클럽의 순수성을 강조하고, 탈퇴를 막기 위해 그동안 여러 번 거사(巨事)를 치르기도 했다. 오늘 모임은 지난 2년 동안 모임을 끌어온 막내 상윤이가 주선을 했다. 멤버들은 항상 처음에는 그랬듯이 오늘도 지상 최대의 이벤트를 보게 될 거라는 상상을 하면서 들떠 있었다. 1차로 간 곳은 저녁 식사 자리였다. 그 자리는 워밍업에 불과한 것으로 전의(戰意)를 다지며, 오늘의 전투에서 각자가 맡은 파트너와 최선을 다해서 일전을 벌이자는 자리였다.

술이 몇 순배(巡杯)가 돌아갔지만, 회원들의 정신은 여전히 또렷했다. 당장이라도 싸울 수 있는 만반의 준비가 되어있는 전사처럼 이글거리는 눈빛을 감추지 못했다. 우리는 건배를 하면서 '싱글 클럽! 파이팅!'을 외쳤고, 상윤의 제안으로 '이대로! 영원히!'라는 구호를 합창하기도 했다. 하지만 싱글 클럽의 최종 목적은 싱글 탈출이었다. 그동안 많은 선배 회원들이 결혼해서 화목한 가정을 꾸리고 사는 모습을 보면서, 회원들은 그들의 목표가 가정 안착(安着)이라는 것을 잘 알고 있었다.

"선배님! 오늘을 위해서 제가 준비를 철저하게 했습니다. 자신 있습니다."

상윤이가 큰소리를 쳤다. 싱글 클럽 멤버들은 의기양양한 상윤의 모습을 보면서 기대를 잔뜩 안고 기대를 한 아름 가슴에 품으며 격전지(激戰地)로 향했다.

상윤이가 안내한 곳은 강남 중심에 있는 주택가 입구였다. 그곳에는 상윤이가 미리 연락해 놓은 봉고차가 대기하고 있었다. 우리는 첩보 작전하듯 수신호에 따라 그 차를 타고, 어두컴컴한 좁은 길을 따라 일반 주택의 지하 주차장으로 들어갔다. 2층 양옥인 그 집은 겉으로 보기에는 일반 가정집이었으나, 내부는 요정과 같은 술집이었다. 집 안으로 들어서는 순간 뭔가 색다른 느낌이 들었다. 적어도 그동안 전투를 벌였던 격전지와는 사뭇 달랐다. 전투의 방법도 달라야 할 것 같은 긴장감이 고조되고 있었다.

"상윤아! 오늘 느낌이 영 다르네."

나는 새로운 분위기에서 느껴지는 긴장감을 해소하기 위해 한마디 했다.

"제가 신입 멤버를 위해서 신경 좀 썼습니다. 다음 모임에 새로운 이벤트를 만들려면 부담스러울 겁니다."

상윤이는 오늘 이벤트에 성공을 확신한 듯 시종일관 웃음을 잃지 않았다.

상윤이가 그곳 종업원과 이야기를 한 후, 우리를 2층으로 안내했다. 얼핏 보기에는 커다란 응접실과 방이 몇 개 있어 보이는 전형적인 가정집 구조였다. 우리 모두 사주경계를 하며 응접실로 올라가자, 그곳에는 양주와 안주들이 즐비하게 놓여있었다. 그리고 이국적(異國的)인 여자들이 싱글 클럽 멤버 숫자에 맞춰서 앉아 있었다. 그들은 우리가 오기를 한참 기다렸다는 듯 지친 얼굴을 하고 있었다. 여자들이 우리가 나타나자 눈웃음을 치며 반겼다. 여자들은 영어가 서툴렀으나, 상윤의 부드러운 영어로 단숨에 압도당했다. 여자들은 하얀 피부의 순박해 보이는 인상을 하고 있었다. 그동안 다녔던 술집에서 보았던 닳고 닳은 그런 여자들과는 또 다른 분위기가 느껴졌다.

"어디에서 왔어요?"

상윤이가 옆에 앉아 있는 파트너에게 물었다.

"블라디보스토크에서 왔어요."

약간 어눌한 한국말로 젊고 상큼해 보이는 상윤이 파트너가 대답했다. 가끔 쓰는 그녀의 영어는 투박한 러시아어 억양이 담겨 있었다. 싱글 클럽의 멤버들 대부분이 해외 영업을 하는 회원들이었다.

잦은 해외 출장으로 외국 여자들과 거리감이 없어서인지 부담감보다는 편안함을 느끼는 듯했다. 술잔이 오고 가면서 여자들은 솔로 클럽 멤버들과 자유스럽게 어울렸다.

오늘 새로 가입한 신입회원을 위해서 싱글 클럽 멤버들은 그동안 갈고닦은 내공을 발휘하였다. 멤버들은 그를 싱글 클럽 분위기 속으로 끌어들이는 일에 긴장감을 늦추지 않으면서도, 각자의 파트너들과 즐거운 시간을 보내고 있었다. 신입회원도 어느덧 그런 분위기에 빠져들고 있었다. 술자리가 무르익어가면서 그녀들도 이국(異國)에서의 긴장감을 서서히 풀기 시작했다. 내 파트너는 파란 눈을 가진 블론드로 전형적인 슬라브족이었다. 블라디보스토크에서 교사 월급이 많지 않아 돈 벌로 한국에 왔다는 이야기를 들었다. 러시아에서는 의사, 변호사, 교수 등 한국에서 인정받는 직업이 기술자보다 대우를 못 받는다고 했다. 그녀의 얼굴이 조금 어두워지기는 했지만, 하얀 피부는 여전히 빛나고 있었다. 그녀는 다음 주에 다시 고향으로 돌아간다고 말하면서 얼굴이 다시 밝아졌다.

분위기가 무르익어가면서 멤버들은 약속이나 한 듯, 각자 자기 파트너를 데리고 방으로 하나씩 사라졌다. 나도 파트너와 함께 방으로 들어갔다. 달아오른 몸을 식히려고 옷을 하나씩 벗어던지며 서로에게 다가갔다. 파트너의 파란 눈이 감기면서 거친 숨결이 내 귓가를 맴돌았다. 단정했던 블론드가 흐트러지면서 그녀의 손이 어느새 내게로 다가왔다. 그녀는 능숙하지는 않았지만, 본능적인 동작으로 심장의 박동 소리가 빨라지기 시작했다. 나는 끝없는 시베리아 벌판을 연기를 뿜고 달리는 기차의 기관사가 되었다.

"킁, 킁, 킁……"

내가 잠시 회상에 잠겨있는 동안, 하나가 심심했던지 소리를 내며 내게 달려들었다. 항상 다른 장소로 이동을 하자고 할 때 그랬듯이, 짧은 꼬리를 좌우로 흔들어대고 있었다. 나는 벤치에서 일어나 하나와 다시 걸어가기 시작했다. 어느덧 개천까지 왔다. 물 흐르는 소리가 들리자 그녀의 행동이 더 활달해졌다. 무엇인가 발견을 한 것이다. 맞은편에서 하나와 친하게 지내는 '달마시안' 친구가 달려오고 있었다. 이곳은 오작교처럼 하나와 그가 만나는 장소이기도 했다. 그도 하나처럼 운동량이 많은지 자주 산책을 했다. 나는 하나와 그가 서로 만날 수 있도록 시간을 맞춰 산책을 나왔다.

다시 만난 하나와 그는 잠시도 가만히 있지 못하고 장난을 쳤다. 둘이 만나면 누가 수컷이고 암컷인지 구별이 안 될 정도로 서로 애교를 피우면서 귀여운 짓을 했다. 서로 핥아 주기도 하고, 냄새를 맡으면서 서로의 애정을 과시하기도 했다. 하나의 곁에 다른 개들이 접근하면 마구 덤벼들어 사악한 무리를 쫓아버렸다. 그럴 때는 달마시안의 표정이 어찌나 사나운지 주위 사람들이 혼비백산할 정도였다. 그들의 애정을 깨트리기가 쉽지는 않아 보였다.

달마시안과 그 여자 주인을 알게 된 것은 어느 날 산책을 나왔을 때 그가 하나에게 갑자기 달려든 것이 시작이었다.

"개를 데리고 산책을 할 때는 개 끈을 꼭 잡고 다니는 것이 예의죠!"

나는 따지려고 한 것이 아니라 놀래서 한 말이었는데, 그녀는 매우 무안했던 것 같았다.

"제가 끈을 놓친 것은 실수였지만, 개들도 감정이 있는데 어떻게 하겠어요."

그녀는 당황한 듯 안경테를 손가락으로 만지작거리면서, 자기 생각을 쏘아붙이듯이 말했다. 그녀도 놀래기는 마찬가지였겠지만 만만하지는 않았다. 그 후로도 나와 그녀는 여러 번 그곳에서 부딪혔지만, 그녀는 그때마다 나를 외면했다. 그녀는 30대 중반으로 보였고, 두꺼운 검은 뿔테 안경을 착용하고 있었다. 표정이 근엄해 보이기는 했으나, 노처녀의 히스테리가 느껴지기도 했다. 그녀의 복장은 주로 하얀 짧은 바지에 검은 티셔츠였다. 멀리서 그녀가 달마시안을 데리고 올 때는 누가 주인인지 구분이 되지 않았다.

하나와 달마시안과는 달리 여자 주인과는 몇 번 과거의 일도 있어서 눈으로만 가끔 인사는 했지만, 말없이 항상 끈을 꼭 잡은 채로 다른 곳을 보거나 눈을 감고 음악을 들었다. 그녀가 나와 말을 트기 시작한 것은 달마시안이 하나와 본격적으로 가까워지면서부터였다. 나는 산책을 할 때 딸을 단속하는 매서운 아버지가 되어 하나를 끈으로 단단히 묶고 다녔다. 내가 '개들에게도 감정이 있다'라는 그녀의 말을 들은 후부터는 달마시안을 만날 때면 종종 줄을 풀어주었다. 가끔은 달마시안을 만나도 하나를 풀어주고 싶지 않을 때가 있었다. 그럴 때면 그녀가 내게 다가와 움켜쥐고 있는 끈을 달라고 부탁을 했다. 그러면 나는 그 끈을 그녀의 손에 넌지시 넘겨주었다.

이제는 상황이 역전이 되어 하나와 달마시안이 우리를 데리고 나오는 느낌이 들었다. 그녀와 시간을 맞추기 위해서 부장의 시선은 이제 아랑곳하지 않았다. 동료들도 바람난 개가 집을 나가듯 보고 있었다. 하나도 내가 산책을 서두르는 모습을 보면 덩달아 꼬리를 흔들었다. 우리가 만나는 곳은 어김없는 그 벤치였다. 누가 먼저랄 것도 없이 가져온 과일과 음료를 펼쳐 놓고 기다렸다. 달마시안 여자 주인도 학교 수업을 끝내고, 학생이 학교 종소리와 함께 가방을 들고 운동장을 달려 나오듯 이곳으로 왔다.

그녀는 첫인상과 달리 순수하였다. 내게 마음을 조금씩 열기 시작하면서 그녀의 이야기를 해 주었다. 어머니를 모시고 살다가 얼마 전 돌아가시고, 외로움에 달마시안을 분양받았다고 했다. 그동안 어머니 병간호를 하면서 살다 보니 어느덧 서른이 훌쩍 넘었다고 했다. 이제는 자기 인생을 살고 싶다고 이야기하면서 눈가에 이슬이 맺혔다. 그런 그녀의 표정을 보면서 가슴에 뭉쳐 있던 응어리 같은 것이 한꺼번에 쏟아져 나올 뻔했다. 아마도 솔로들의 동병상련(同病相憐)을 느꼈기 때문이었을 것이다. 돌아가신 어머니 생각이 스쳐 지나갔다. 하늘을 보면서 '아직 내 인생에서 원하는 빛을 찾지 못했기 때문에 나는 빛바랜 솔로가 아니다.'라는 말을 잊기로 했다.

오늘도 하나를 보고 어김없이 달마시안이 날려왔다. 요즘 하나는 발정기였기 때문에 나는 끈을 풀어줄 마음이 없었다. 나는 하나를 지키고 싶었다. 아무것도 모르는 그녀는 나의 완고한 뿌리침에도 불구하고, 내 손에서 하나를 묶고 있는 줄을 빼앗다시피 낚아채 버렸다.

"애들을 풀어주고 우리도 같이 따라가죠. 어때요?"

그녀는 내가 생각할 겨를도 없이 하나의 줄을 풀어버렸다. 하나와 달마시안은 자유로운 영혼처럼 벤치가 있는 쪽으로 정신없이 달려갔다. 나와 그녀도 벤치가 있는 쪽으로 그들을 빠른 걸음으로 쫓아갔다. 우리가 거친 호흡을 토해내며 벤치 앞에 도착했을 때였다. 달마시안은 하나를 기다란 혀로 얼굴을 핥아 주고 있었다. 하나도 내가 뒤에서 보고 있는 건 안중에도 없는 듯 짧은 꼬리를 그를 향해 정신없이 흔들어댔다. 그때 그가 하나 등 뒤로 올라탔다. 너무 순간적이라 내가 어떻게 해볼 도리가 없었다. 그녀는 그 광경을 보고 얼굴을 붉히며 어쩔 줄 몰라 했다. 우리는 두 손을 꼭 잡았다. 그들의 행위는 내가 겪었던 어떤 경험보다 더 가슴을 뛰게 했다. 하나와 그동안 동고동락하면서 쌓아 왔던 애정이 한꺼번에 무너지는 듯했다. 내가 그런 감정이 생기는 것은 하나가 이제 솔로를 탈출하려는 느낌이 들었기 때문이다.

나와 그녀는 벤치에 앉아 그들의 격정적인 행위가 끝나기를 기다렸다. 하나와 그의 사랑이 절정에 이르렀을 때, 누가 먼저랄 것도 없이 나와 그녀도 깊은 포옹을 나누었다. 그리고 아무 말도 없이 얼마간 눈을 감고 있었다. 그녀의 품은 따뜻했다. 그 따뜻함은 어머니가 나를 젖 떼어낸 이후 처음이라 추측할 뿐이다.

"하나도 내 자식처럼 키워볼게요."

그녀가 귀엣말로 조용히 속삭였다. 내가 하고 싶은 말을 그녀가 먼저 해버리자 순간 당황했다. 그녀를 강하게 끌어안으면서 그녀의 마음에 응답했다.

산책을 마치고 집으로 돌아온 나는 하나를 평상시보다 구석구석 깨끗하게 목욕시켰다. 그녀가 오늘 평생 잊지 못할 일을 저질렀기 때문이다. 샴푸를 풀어 하나의 몸을 문지르면서, 나는 내일 출근하면 싱글 클럽 회장직을 사퇴해야겠다고 생각했다. 나도 달마시안을 내 자식으로 받아들여야 할 것 같다.

빠
빠
빠

침대 옆 탁자에 있던 핸드폰이 떨리면서 요양원의 대표전화번호가 떴다. 스탠드를 켜자, 벽에 있는 시계는 아무런 일 없다는 듯 새벽 4시를 향해 가고 있었다.

"여보세요! 무슨 일이시죠?"

나는 이 시간에 요양원에서 전화를 받은 적이 없었다. 불길한 예감이 엄습하면서 다급한 소리로 물어봤다.

"여기 요양원 간호사입니다. 어머니께서 갑자기 상태가 안 좋으셔서 빨리 와보셔야 할 것 같습니다."

야간 당직 간호사는 당황한 목소리로 말을 제대로 이어가지 못했다. 며칠 전 요양원을 방문했을 때, 어머니는 손자들 보고 싶다고 말하면서 웃는 모습이 무척 건강해 보였다.

요양원을 가는 길이 아득하게 느껴졌다. 액셀러레이터를 밟아도 차는 제자리에 있었다. 언덕길에 쌓인 눈이 보이자, 순간적으로 브레이크를 밟았다. 등에서 뜨거운 열기가 올라왔다. 먼동이 트기 시작하면서, 어두웠던 주위가 하나둘씩 양파처럼 벗겨지고 있었다. 수없이 방문했던 요양원이 오늘은 낯설기만 했다. 엘리베이터의 문이 닫히면서 갑갑함이 몰려왔다.

침대에 누워있는 어머니는 아무런 의식이 없었다. 항상 반겨주던 모습이 어디론가 사라졌다. 나는 어머니 가슴에 귀를 바싹대었다. 숨소리만 간헐적으로 들려왔다. 옆에 있던 간호사가 당장 응급실로 가야 한다는 말만 내 귓가에서 맴돌고 있었다. 앰뷸런스 안에서 '혹시?'를 수없이 속으로 외쳤다. 아버지가 힘들 것 같다는 의사의 말을 듣고는 앰뷸런스에 타고 다른 병원으로 이송했을 때도, 이렇게 불길한 생각을 안 했었다. 아버지가 의식이 없었을 때도, 회복할 거라는 믿음이 있었다. 그런데 왜 이리 불안한 걸까?

"어머니 상태가 어떻습니까?"

새벽 시간이라 피곤해 보이는 당직 의사에게 매달리다시피 물어봤다.

"지금 체크를 하고 있으니 대기실에서 기다리세요. 보호자가 필요하면 부르겠습니다."

가라앉은 목소리로 무표정하게 말하는 의사가 약속하였지만, 그는 그런 상황에 너무 익숙해 보였다. 멀리서 동행한 요양원 간호사가 어머니의 옷을 환자복으로 갈아입히는 모습이 보였다. 축 늘어진 어머니의 몸이 당장에라도 돌아가실 것만 같은 생각이 들면서 감정이 복받쳤다. 어머니와 눈을 맞추려 했으나 커튼이 쳐져 있었다. 오가는 의사와 간호사만이 분주할 뿐이었다. 요양원 간호사가 어머니의 옷을 건네주면서, 뇌에 손상이 많이 온 것 같다고 했다. 검사 결과가 곧 나오니 조금 더 기다리라는 말과 함께 그녀는 요양원으로 복귀했다.

평생 병원에 입원해 본 적이 없는 어머니가 저렇게 누워있는지도 벌써 2년이 지났다. 어머니를 모시고 병원에 다니기 시작하면서, 90세가 되었다는 것을 알았다. 오랫동안 해외주재원 생활을 하면서 늙어 가는 모습을 제대로 보지 못했다. 어머니는 영원히 젊고, 아름다운 존재라고만 생각을 했다. 매일 아침 불경을 읽고, 기도하는 모습을 보면서 오래 사실 거라는 막연한 생각도 했다. 누구에게 아쉬운 소리 한번 하지 않고 살아온 분이었다. 아파도 내색도 안 하고 잘 버텼다.

어머니가 어느 날 내게 병원을 가자고 했다. 그 이후로 어머니와 병원 가는 것이 일상이 되었다. 그렇게 가기 싫어하던 병원을 다녀온 날에는 얼굴이 밝았다. 병원에서 준 약도 꼬박꼬박 챙겨 먹었다. 병원 가는 날은 어머니와 외식을 하는 날이기도 했다. 아버지가 살아 계실 때 같이 다녔던 식당은 피했다. 혹시 어머니가 아버지 생각을 하며 혼자 먹기 미안해서 밥술을 뜨지 못할 것이란 생각이 들었다.

어머니가 살아있는 것만으로도 감사하게 생각하면서 살아왔는데, 아버지의 이기적인 마음이 어머니를 부를 것 같았다. 어머니가 가끔 아버지가 꿈에 나타난다고 했을 때 가슴이 철렁했었다. 아침마다 혹시 아버지가 어머니를 불렀나 하면서 문을 열 때는 내 가슴이 쪼그라들었다. 어머니는 새벽에 이미 일어나서 단정한 차림으로 불경을 낭독하다 내 모습에 활짝 웃었다. 그럴 때면 나는 들킨 내 마음을 어머니의 미소에 덮어버렸다. 아버지 산소에 갔을 때도 아직은 어머니를 부르지 말아 달라고 했다. 10여 년을 홀로 산속에서 누워있는 성질 급했던 아버지가 참지 못할 것 같았다. 아버지 산소에 자주 들려서 아직은 어머니 건강하다고 이야기를 해드렸다.

내가 초등학교에 들어가면서 어머니는 아침에 두 개의 가방을 내 손에 쥐여주었다. 하나는 도시락이 든 보온병이었고, 다른 하나는 신주머니였다.

"잃어버리지 말거레이."

학교는 집에서 조금 떨어진 곳에 있었다. 가방을 둘러메고 양손에 어머니가 챙겨준 가방을 하나씩 들었다. 신주머니를 든 손을 올려서 흔들면, 어머니도 손을 흔들어주면서 차 조심하라는 말도 잊지 않았다. 어머니는 내가 안 보일 때까지 그렇게 서서 나를 바라보았다.

어렵게 얻은 장손 집 외동아들인 나에게 어머니의 헌신적인 사랑이 그때에는 보이지 않았다. 아버지와 가끔 다투는 것도 나 때문이라는 것을 나중에 알았다. 30대 후반의 어머니가 내게 해 줄 수 있는 것은 사랑이었다. 항상 끼니 거르지 말라고 하면서 주머니에 넣어준 용돈으로 나는 분식집에서 친구들에게 떡볶이를 사주었다. 어머니에게 처음으로 꾸중을 들은 것은 친구들과 놀다가 늦게 집에 들어갔을 때였다.

"니 어디 갔다 왔노? 집에 전화도 없이 늦게 오면 우짜노!"

어머니가 그렇게 화를 낸 적이 없었다. 어머니는 내가 혹시 무슨 일이 있었을까 걱정을 했지만, 나는 늦은 밤까지 친구들과 노느라 정신이 없었다.

어머니에게 자식에 대한 트라우마가 있다는 것을 안 것은 내가 군대 가기 직전이었다. 아버지도 하지 않았던 이야기를 어머니가 꺼냈다.

"6·25 전쟁 때 네 형이 죽었제. 등에 업혀서 피난을 가던 중에 젖을 멕이려고 하는데 꼼작도 안하더라. 그때는 정말 우째야할지 방법이 없었던기라. 병원도 갈 수 없었제, 약도 구할 수가 없었제. 우짜노! 우짜노! 하면서……."

어머니는 미동도 하지 않고 말했지만, 눈에는 이슬이 맺혀 있었다. 잠시 천장을 보더니 머뭇거리다가 말을 이어갔다.

"몇 년이 지난 후 둘째 애가 태어났제. 백일도 되기 전에 장질부사(장티푸스)에 걸렸는기라. 지금이야 큰 병이 아니지만, 그때에는 급사 병이라고 안 했나. 병원에도 갔었제, 어렵게 구한 약을 먹여도 봤지만, 소용 없는기라."

어머니의 한이 느껴졌다. 그들이 죽지만 않았으면 내가 이 세상에 나오지도 못했을 것이다.

내가 군대 가는 것이 또 자식을 잃을까 봐 노심초사하는 어머니의 모습으로 다가왔다.

"잘 다녀 온나. 항상 조심하거레이."

부모가 하나밖에 없는 아들을 군대에 보내는 심정이 어떤지 알 것 같았다. 어머니의 눈물을 그때 처음 보았다. 훈련소에서 교육을 마치고 자대 배치를 받았을 때, 어머니는 음식을 싸들고 면회를 왔었다고 한다. 신병 교육이라 면회가 되지 않는다는 말을 듣고 다시 돌아갔었다는 이야기를 들었을 때는 가슴이 미어졌다. 그런 어머니가 지금 사경을 헤매고 있다.

응급실 의사가 내게 말을 꺼내기 전까지 그가 왔는지도 몰랐다.

"어머니께서 뇌경색이 왔습니다."

머리에서 뇌경색이란 단어가 어지럽게 돌아다녔다.

"70% 정도 뇌 손상이 되어 수술을 원하시면, 다른 큰 병원으로 옮기셔야 합니다."

의사는 단호하게 말했다. 아흔이 넘은 연세에 뇌수술해야 한다는 말인가? 순간 어떻게 결정을 해야 할지 막막해졌다.

"보호자께서 환자의 상태에서 수술을 원치 않으시면, 중환자실 입원 수속을 알아봐 드리겠습니다. 신경과 전문의와 구체적인 상담을 하시기 바랍니다."

나는 그렇게 하겠다고 했으나, 어머니께서 오른쪽이 마비되었다는 말을 듣고서 의사에게 수술 후 회복 가능성에 관해서 물어봤다.

"연세로 봐서는 회복을 장담하기는 어렵습니다."

의사는 나도 모르게 꽉 잡은 그의 팔을 빼면서 다른 환자에게 발길을 돌렸다. 간호사가 신경과 의사와 상담 시간을 알려줬다.

10여 년 전, 아버지가 구정 제사를 준비하다가 쓰러지면서 평생 한 번도 거르지 않은 제사를 못 모시겠다고 하던 날이 기억이 났다. 제사를 끝내고 아버지를 근처 대학병원 응급실로 데려갔다. 응급실에서 아버지의 폐에 주삿바늘을 찌를 때, 고통스러워하던 모습은 잊을 수가 없다. 중환자실로 옮겨진 후에도 상태가 호전되지 않았다. 구정 연휴라 담당 의사가 없었다. 응급실의 젊은 의사는 며칠 못 사실 것 같다는 말을 조심스럽게 했다. 이틀 후, 서울 시내에 있는 대학병원으로 옮겨진 아버지는 중환자실에서 의식을 회복하였다.

한 달 정도 지나서 아버지는 무슨 이유인지 죽어도 집에서 죽겠다고 병원에서 당장 퇴원을 시켜달라고 화를 냈다. 처음에는 답답함이라 생각했지만, 아버지는 결국 3개월 후 돌아가셨다. 그 3개월은 어머니와의 모진 전쟁이자, 인연을 끊는 기간이 되었다. 어머니와의 인연도 아버지처럼 끊어가는 걸까?

나는 중학교 때 어머니 심부름을 다닌 적이 있었다. 집에 멀리 떨어지지 않은 곳에 매달 어머니가 준 봉투를 전해주는 일이었다. 처음에는 그 속에 무엇이 들었는지 몰랐다. 어머니도 조심해서 전해주라고만 했지, 자세한 이야기를 하지 않았다. 얼마 지난 후 왜 심부름을 가야 하는지 알았다. 아버지의 사업이 어려워지면서 어머니는 친구에게 돈을 빌렸다.

내가 처음 그 집을 방문했을 때, 머리를 길게 땋아서 밑으로 내린 머리와 까만 눈동자를 가지고 있는 내 또래의 여학생을 봤다. 나는 그녀의 모습이 생각나서 견딜 수 없었다. 궁금한 나머지 어머니에게 조심스럽게 그 여학생에 대해서 물어봤다. 사춘기에 접어든 아들을 보면서, 어머니는 이성에 눈을 뜨기 시작한 나에게 장난스럽게 물어봤다.

"그 애가 마음에 드나? 공부 열심히 하면 내가 한번 자리를 만들어 주꾸마."

어머니는 '공부'라는 단어에 힘을 주었다. 어머니 말을 나는 절대적으로 믿었다.

어느 순간부터 심부름하는 날만 오기를 기다렸다. 어머니가 쥐여준 봉투를 가슴 깊이 넣고, 나도 모르게 발걸음을 재촉했다. 혹시 그녀를 만날 수 있을까 하는 기대감이 몰려왔다.

"누구세요?"

한옥 대문 옆에 달린 인터폰을 누르자, 여자 목소리가 들려왔다.

"안녕하세요? 어머니 심부름 왔습니다."

대문이 열리면서 들어서자 대청마루 쪽에서 누군가 나오는 소리가 들렸다. 순간 잘못한 게 들킨 사람처럼 가슴이 덜컹했다.

"안녕! 어서 들어와."

밝은 목소리로 나를 맞아 준 그녀는 바로 내가 보았던 소녀였다. 갑자기 가슴이 뛰기 시작했다. 그녀는 어머니에게 전화를 받았다고 했다. 그녀는 친숙한 느낌으로 다가왔다.

내가 제대한 후 집안이 어려워졌다. 그 집도 아버지의 사업이 힘들어지면서 투자자를 찾고 있었다. 그녀는 어려운 집안 사정에도 불구하고 나에 대한 애정은 변하지 않았지만, 오래가지 않았다. 그녀의 아버지가 투자자의 아들과 결혼을 해야 한다고 말하던 그녀의 모습이 떠올랐다. 내가 그녀를 잡을 방법은 없었다. 나 역시 당장 집안의 어려움을 극복해야 했다.

"니 요새 힘들제?"

어머니는 이미 내가 내색을 안 해도 다 알고 있었다. 며칠간 폭음을 하고 집으로 들어오는 나를 보면서 얼마나 측은해했을까.

"견딜만해요. 나도 이제 철이 들었는지 앞으로 살 일만 생각해야죠."

얼마나 울었는지 눈이 퉁퉁 부은 나를 본 어머니의 심정은 더욱 힘들어 보였다. 그녀가 나에게 해 준 모든 것을 사랑이라는 단어로 가슴에 묻고 가야 했다. 서로 집안이 넉넉하지 못해서 벌어진 결과였지만, 어머니가 내게 미안함을 느끼는 모습이 그녀를 보내는 마음보다 더 가슴이 아팠다.

담당 의사와 상담 후, 어머니를 중환자실로 옮겼다. 하루에 한 번씩 제한된 면회 가능한 시간을 한 번도 놓치지 않았다. 환하게 비추는 형광등과 기계음 소리만 들리는 중환자실의 정적은 눈을 감고 있는 어머니의 모습처럼 다가왔다. 가끔 어머니의 눈동자가 움직였으나, 눈을 맞출 기회를 주지는 않았다. 숨 쉬는 소리가 들리는지 귀를 어머니에게 가까이 대봤다. 불규칙하게 들려 간호사에게 물어봤다.

"어머니 상태가 어떻습니까?"

그녀에게 며칠 더 두고 봐야 할 것 같다는 대답만 돌아왔다. 면회 시간이 끝나서 나가려고 하는데, 어머니 목소리가 들렸다. 뒤를 돌아보니 어머니는 그대로 누워있었다. 조금이라도 움직였으면, 눈을 뜨기만 해도 마음이 편해질 것 같았다.

군대를 제대하고 복학 준비를 하고 있는데, 갑자기 집으로 많은 사람이 들이닥쳤다. 여러 곳에 빨간딱지를 붙이고는 재산에 대한 강제집행이 들어온 것이다. 부모님은 잠시 여행 다녀온다고 했으나, 이런 상황에 대해서 말이 없었다. 당황한 나는 부모님이 있을 만한 곳에 연락했지만 허사였다. 며칠 후, 아버지가 집으로 전화를 해서 잘 정리가 되고 있으니 걱정하지 말라고 했다. 나는 어머니 걱정이 앞섰다.

"어머니랑 같이 계시는 거죠?"

아버지는 잠시 말을 잇지 못하더니 어머니를 바꿔주셨다.

"그래. 걱정 말기라. 니들 밥도 못 해주고 미안테이."

어머니의 목소리는 젖어 있었다. 어머니와 군대 생활을 제외하고 떨어져 본 적이 없었다. 코끝이 시큰해지면서 서글픈 생각이 들었다.

나는 집에서 멀지 않은 곳에서 군대 생활을 했다. 어머니는 하나밖에 없는 아들을 보러 먹을 것을 싸 들고 가끔 면회를 왔다. 내가 정신없이 먹는 모습을 보던 어머니의 얼굴 표정이 생각이 났다. 외박을 나가면 한 상 차려서 '많이 묵으라' 하던 기억도 생생하다. 자기희생을 강요하면서 아들을 애지중지했던 그런 어머니의 전화 목소리가 가슴을 헤집고 있었다.

집이 빚으로 파산하면서 부모님과 월세 집으로 이사를 했다. 그동안 누렸던 아들로서 호사는 끝이 났다. 어머니는 며칠간 식사도 안 하고 울기만 했다. 오랫동안 쌓았던 부와 명예가 한순간에 무너졌기 때문만 아니었다. 내가 어머니 가슴에 불을 질렀다.

"어머니! 제가 앞으로 돈 벌겠습니다."

하나뿐인 자식이 학교 중퇴하고 돈 벌겠다는데, 어떤 부모가 그렇게 하라고 하겠는가. 아버지도 어머니 눈치만 보면서 한마디도 하지 못했다. 자칫 부부싸움이 될 수 있다는 생각이 들었을 것이다. 남자들은 현실적이지만, 여자들은 그렇지 못하다. 더군다나 어떻게 키운 자식인데 냉혹한 사회로 내몰겠는가. 그런데 당장 먹고살기도 힘든데, 학교를 계속 다니겠다는 나의 이기심이 발동하지를 못했다. 어머니가 지금 중환자실에 누워서 무슨 생각을 하고 있을까?

병원에서 중환자실에서 입원실로 옮긴다고 필요한 물품을 사 오라고 연락이 왔다. 어제 면회 갔을 때만 해도 어머니의 회복이 걱정이었는데, 기쁨이 몰려왔다. 입원실로 들어서자 어머니는 내가 온 것을 인식하였는지 눈을 마주쳤지만, 말이 없었다. 당분간 안정이 필요하다는 담당 의사의 말이 없었으면 걱정을 했을 것이다. 2주 정도 입원해서 경과를 보면서 퇴원 결정을 할 것이라는 말도 했다. 입원 후 식사를 못 해서 무척 여윈 모습이 안쓰럽기도 하고, 내가 잘못한 것 같은 죄책감도 들었다.

어머니는 요양원에 있을 때 스스로 운동도 하고, 책도 읽으면서 적응을 잘했다. 평생을 독실한 불교 신자로 살아온 어머니는 오래 장수할 것만 같았다. 얼마 전만 해도 혼자서 먼 절을 다녔는데, 어느새 여기까지 오셨나 생각하면 가슴이 먹먹해졌다. 어머니가 입으로 뭐라고 말했지만, 잘 들리지 않았다. 옆에 있던 간호사에게 물어보니 기력이 약해져서 말을 못 한다는 답만 돌아왔다. 다행인 것이 조금씩 눈을 뜨고 뭔가 의사를 전달하려는 어머니의 상태였다. 응급실에 도착했을 때는 어머니와 아무런 대화를 할 수 없을 것 같다는 막연한 생각을 했는데, 이제 어머니의 목소리를 들을 수 있을 것 같았다.

"어머니께서 안정을 취하셔야 하니 오랫동안 계시지 마세요."

간호사는 조심스럽게 이야기했지만, 어머니와의 이별을 고하라는 말처럼 들려왔다. 당분간 면회도 자제해 달라는 말에 창가에 보이는 풍경들이 흐릿해지며, 어머니를 요양병원으로 모시던 날이 떠올랐다.

어머니가 아프다고 말하면서 요양병원을 알아봐 달라고 하던 날, 나는 어머니에게 화를 냈다. 집 놔두고 무슨 병원이냐고 핀잔을 줬다. 어머니는 미리 싸놓은 가방을 들고 가자고 했다.

"그냥 병원으로 갈 테니 아무 소리 말기라."

어머니의 단호한 말 한마디에 나는 더 이상 내꾸를 하지 않았다. 어머니의 고집은 아버지가 밥상을 뒤엎을 정도였다. 어머니는 무슨 말을 꺼내면 실행에 옮겨질 때까지 아무 말도 하지 않았다. 그런 어머니에게 조건을 달았다.

"한 달만 계시는 겁니다."

어머니는 알았다는 말 한마디만 남기고 뒤도 돌아보지 않고 가방을 들고나갔다. 평생 처음으로 어머니가 병원 생활을 했다. 아무리 아파도 내색 한번 안 하고 항상 '괘안테이. 이러다 낫겠제.' 하면서 참고 살았던 어머니다. 그때는 왜 병원에 가자고 했는지 몰랐다.

요양병원은 천주교에서 운영하는 곳으로 시설이 좋았다. 의사 선생이나 간호사들이 독실한 천주교 신자들이라 마음이 놓였다. 근처에는 김대건 신부의 묘지가 있는 성지라 주위 환경도 좋았다. 여러 요양병원을 사전 답사해서 결정한 곳이었으나, 그 선택이 나중에 잘못되었다는 것을 알았다. 처음에는 같은 병실에 계신 분들이 좋아 보여 어머니의 말동무가 되리라 생각했다. 그분들은 주말에 아래층에 있는 성당에 다녔다. 어머니는 그런 그분들을 부러워했지만, 한편으로는 종교적인 상대적 박탈감을 느꼈을 것이다. 몇 주가 지나면서 어머니의 심기가 불편한 것을 알았다. 어느 날, 어머니가 침대에서 낙상해 응급실에서 치료 후 다행히 회복한 일이 있었다. 그 이후 어머니의 불안 증세가 보이기 시작했다.

요양병원에서 나오겠다는 어머니를 다시 집으로 옮겼지만, 불안 증세는 더욱 심해졌다. 신경정신과에서 검사를 받았으나 별문제가 없다는 의사의 소견을 받았다. 그 당시 '노인 우울증' 증세라는 것을 말해주기만 했어도 어머니가 고생을 덜 했을 것이다. 몇 달 동안 요양보호사가 집에서 도와줬지만, 어머니의 상태는 호전이 되지 않았다. 요양보호사는 조심스럽게 이제는 집에서 보살피기 힘든 상황이니 어머니를 요양원으로 모시라는 이야기를 했다.

며칠을 망설이다가 어머니에게 좋은 요양원을 알아뒀으니 한번 생각해 보라고 이야기하면서, 순간 울컥했다. 어머니의 표정은 내가 평생 보면서 겪은 모습이 아니었다. 차라리 내게 욕이라도 했으면 하는 마음이었다. 나 자신이 몹쓸 짓을 하는 건 아닌지 여러 번 생각했지만, 집에서 간호하기에는 이제는 한계를 느꼈다. 아내도 아프기 시작하면서 고민 끝에 내린 결정이었다. 어머니와 며칠간의 보이지 않는 전쟁을 치렀다. 어머니가 말은 없었지만, 괘씸하고 서럽다고 생각했을 것이다.

"그래. 요양원으로 갈기다. 그동안 애미가 고생 마이했데이."

어머니의 한 마디는 마음 정리가 된 것을 의미한다. 그리고 입을 다문 채 눈을 감았다. 그것이 집에서 어머니를 본 마지막 모습이었다.

내가 결혼을 하면서 독립하자, 어머니는 집으로 오지 않았다. 얼마 떨어지지 않은 곳에서 살았지만, 처음으로 집에 들른 것은 첫애를 낳고 얼마 지나지 않아서였다. 어머니는 아내가 친정에서 몸 풀고 있는 동안 손녀가 보고 싶었을 것이다. 병원에서 출산하고 잠시 창문 너머로 본 첫 손녀가 아른거렸지만, 어머니는 전혀 내색하지 않았다. 어머니에게 많이 들었던 이야기가 결혼하면 며느리가 애 좀

먹이겠다는 소리였다. 어머니는 아들과 며느리의 불화가 있을까 봐 노심초사했다. 그런 어머니였다.

아내는 어머니를 어려워했지만, 달가워하지는 않았다. 두 사람의 성격이 비슷했기 때문이었다. 누구에게 싫은 소리도 못 했지만, 싫은 소리 듣기는 더욱 그랬다.

"니! 애 낳느라 욕봤데이?"

어머니가 첫 손녀 출산 후 집에 방문했을 때 첫마디였다. 아내는 아무 소리 없이 아이만 바라보았다.

"애미 많이 닮았네. 이제 애도 낳았고, 애미가 되었으니 건강하게 잘 키우거레이."

어머니는 손녀를 아내에게 받아서 안아보면서 말했다. 핸드백에서 꺼낸 하얀 봉투를 아내에게 주었다.

나는 아내와 오랫동안 연애를 했다. 어머니는 아내를 처음 보자, 첫인상이 너무 좋다고 했다. 아내는 말없이 항상 그녀의 본분에 충실했다. 어머니는 어려운 집안 환경에 있었던 나를 잘 돌봐준 아내에게 고마운 마음을 가졌다. 그런 어머니에게 아내도 잘 모셨다.

결혼 후 몇 년간은 아무런 문제가 없었다. 둘째가 태어나면서 어머니는 가끔 들러서 손녀들 자라는 모습을 보며 즐거워했다. 평범했던 시간이었다. 그러던 어느 날 아내가 내게 정색하면서 화를 냈다. 처음에는 왜 그랬는지 몰랐다. 아내가 점점 화를 내는 횟수가 늘어가면서 어느 날 그 이유를 물었다.

"어머니는 눈치도 정말 없어! 왜 자주 오시는지 모르겠어."

무슨 말인지 이해를 못 했지만, 나중에 어머니에게 이야기를 듣고 알게 되었다. 옆에 사는 장모가 어머니 오는 게 불편했다. 사돈 간의 갈등이 시작되면서 그 여파가 내게 온 것이다. 고민 끝에 나는 회사에 해외주재원 신청을 했다. 어머니에게 곧 해외로 나갈 것 같다고 말했다. 어머니는 내색하지 않고 나지막이 말했다.

"잘 다녀 온나."

병원에서 2주간 입원 후, 요양원으로 다시 돌아온 어머니는 얼굴에 화색이 돌기 시작했다. 처음에는 웃는 얼굴로 맞이해 주던 어머니가 말을 하기 시작했다.

"빠빠빠……"

낯선 소리에 나는 갑자기 누가 내 머리를 내리친 것 같은 큰 충격을 받았다. 오른손을 움직이지 못했지만, 말은 할 수 있으리라 생각을 했다. 의사도 언어장애가 올 수 있다고 말했지만, 현실은 나를 외면하지 않았다. 어머니의 목소리를 듣는 순간 뭐라고 해야 할지 몰랐다. 아내가 어디 가느냐고 물어봤으나 뒤도 안 돌아보고 밖으로 나왔다.

봄이 오는 소리가 들렸다. 개나리가 하얗게 피어 있는 요양원의 정원이 아름답게 느껴졌다. 눈이 갑자기 흐려지면서 그런 풍경을 볼 수 없었다. 어머니에게 뭐라고 말을 해야 하나. 처음 보는 낯선 사람도 아닌데, 무슨 말을 해야 할지 생각이 나질 않았다. 당황할 어머니가 걱정되어서 눈물을 훔치고, 어머니에게 다시 돌아갔다. 어머니는 계속해서 무슨 말을 했다.

“빠빠빠……”

어머니가 신경 쓸 것 같아서 나는 고개를 끄덕거렸다. 그런데 어머니는 말귀를 못 알아듣는다고 그러는지 계속해서 뭐라고 말을 했지만, 내 귀에는 같은 소리만 들렸다. 어머니의 낭랑했던 목소리는 이제는 들을 수 없었다.

어머니는 점점 나를 알아보지 못하는 듯했다. 내가 방에 들어서면 환하게 웃던 모습도 이제는 낯선 사람의 방문으로 여겼다. 가끔 내 모습을 보면서 반갑게 맞이하였으나, 어느새 누군가를 곰곰이 기억하는 듯했다. 손으로 뭔가를 설명하려 하지만, ‘빠빠빠’라는 말에 곧 묻혀버렸다. 그럴 때마다 내가 말 상대를 하면서 어머니와의 보이지 않는 대화를 시도했다. 어머니는 속상한 모습을 보이며 답답해했다. 다시 오겠다고 인사를 하면, 어머니는 아이처럼 울면서 가지 말라는 손짓을 했다. 어머니를 뒤로하고 돌아오는 내 마음은 갈 길을 잃어버렸다. 그런 모습이 계속 이어지면서 어머니의 기억 속에서 내 모습이 점점 사라져 가는 것은 아닌지 불안해졌다. 수십 년간 어머니의 머릿속에 선명한 내 존재가 이제는 몇 점의 자국으로만 남아있을 것이다.

오늘도 어머니에게 갔다. 항상 다니던 길은 변함이 없었다. 사계절이 바뀔 때마다 달라 보였던 길인데, 이제는 무감각해졌다. 요양원 정문을 올라가는 길도 그랬다. 뒷산에서 들려오는 새소리만 유일하게 나를 반갑게 맞이해 주었다. 어머니가 누워있는 침대 뒤로 보이는 숲 속에서는 가끔 다람쥐들이 갸우뚱거리며 지나쳤다.

얼마 전까지 반응하던 어머니는 나를 보면서 한참을 생각하는 것 같았다. 그런 모습에 익숙해졌지만, 나를 인지하는 시간이 길어질수록 어머니와의 거리감이 느껴졌다. 힘 있던 손도 약해지면서 내 손에 의지하였다. 간호사는 식사도 잘하고 건강하다고 하였지만, 그 말은 이제 의례적이라는 것도 알고 있다. 어릴 적, 어머니 모습의 사진이 달라 보이지 않았다. 어머니의 형체가 내 머릿속에 강하게 각인되어 있기 때문이다. 그렇게 내가 살아있는 동안 지워지지 않을 어머니의 모습을 보면서, 나는 언제가 될지 모르는 어머니와 마지막 이별을 기다리고 있다.

버스 안에서

출근은 언제나 전쟁이었다. 만원 버스에서 시달리는 악몽을 꾼 날은 더욱 그러했다. 어제 거래처와 늦게까지 이어진 술자리로 머리가 무거웠다. 창밖은 가을로 접어들면서 태양의 게으름이 심해 가고 있었다. 나는 심한 갈증으로 물을 먹으려 일어나, 시계를 보고는 깜짝 놀랐다. 동시에 아내의 방문 여는 소리가 들렸다. 오늘 회사 쉬느냐고 물어보는 그녀의 표정은 의외로 담담했다. 늦게 들어온 나에게 야유라도 하듯 비꼬는 말투처럼 들렸다. 그런 아내에게 미안함보다는 회사 지각을 생각하면 야속함이 앞섰다. 전날 술 먹고 들어왔다고 아침에 해장국을 끓여 놓은 그녀의 야속함이 곧 고마움으로 바뀌었다. 아침도 먹는 둥 마는 둥 아내의 얼굴도 보지 못한 채, 대충 옷을 입고 버스정류장으로 달려갔다.

시간관념이 철저한 나에게 아내는 연애 시절부터 신뢰하였다. 같은 직장에서 만나 연애를 시작한 그녀에게 보여줄 수 있는 것은 성실뿐이었다. 그녀를 믿을 수 있었던 것도 나에 대한 넓은 이해와 관용이었다. 사실 남자들의 늦은 밤이란 다 그렇고 그런 것 아닌가. 평생을 같이 살아가면서 서로의 울타리에 가둬놓고 지낼 수는 없는 노릇이었다. 아내가 울타리를 없애버리면서 나의 행동반경은 넓어지기 시작했고, 그 성과는 남들보다 빠른 승진으로 이어졌다. 물론 울타리 없애준다고 그렇게 되는 것은 아니지만, 무한의 신뢰 속에서 이뤄지는 결과물은 생각 이상으로 좋았다. 첫아이를 임신하자 회사를 그만둔 아내는 육아에 충실했고, 아이들도 무럭무럭 자라는 정말 누가 봐도 모험적인 가정이다.

버스에 오르면서 자리를 잡을 수 있다면, 그날은 운 좋은 날이었다. 자리에 앉자마자 두 눈을 감고, 꿀맛 같은 쪽잠을 잘 수 있기 때문이다. 그것도 술을 먹은 다음 날이라면 더할 나위가 없었다. 그렇게 시작되는 하루는 세상의 모든 것을 얻은 느낌이었다. 그런 날은 복권을 사고 싶었다. 가끔 눈을 슬며시 떠서 차장 가로 지나가는 익숙한 풍경들을 보며, 내가 탄 버스가 천국으로 갔으면 하는 생각을 하기도 했다. 옆에 앉은 사람이 내가 코를 곤다고 어깨로 건드리거나, 주변 사람들이 눈치를 줘도 아랑곳하지 않을 수 있는 여유로움도 생겼다. 오늘은 그런 행운의 날은 절대 아니라는 것을 이미 알고 있다. 그나마 버스를 놓치지 않는다면 다행이었다. 길 건너다보이는 버스정류장이 멀게만 느껴졌다.

버스정류장에는 이미 많은 사람이 줄을 서서 기다리고 있었다. 그들의 시선이 뛰어오는 내 모습을 안타깝게 보고 있었다. 넥타이는 목에 걸려 있고, 머리는 외박한 사람처럼 뻗쳐 있고, 아직 술이 덜 깼는지 발걸음이 무거워 보이는 나에게 그들이 보여준 씁쓸한 관심이었다. 내가 가끔 다른 사람들에게 봐왔던 그런 관심이라 그리 낯설지 않았다. 멀리서 버스가 다가오자, 사람들이 서 있던 줄은 조금씩 삐딱해졌다. 나는 다가오는 버스를 보며 긴장하는 그들과 대열에 서 있었다. 아파트가 밀집해 있는 서울 근교 위성도시의 아침 풍경은 다양한 군상들로 이렇게 항상 분주하였다. 저녁에는 잠잠했던 아파트의 여기저기서 새벽부터 밀려 나오는 사람들과 함께 어느덧 나도 다람쥐가 되어 그렇게 쳇바퀴 속을 열심히 돌고 있었다.

버스 문이 열리자 끝에 줄 서서 초조하게 기다리던 나는 출근 시간을 맞추기 위해서 앞에 서 있던 사람들을 밀어붙이며, 버스에 간신히 매달리다시피 올라탔다. 먼 저 탄 사람들의 눈빛은 몇 곳의 빈 좌석으로 향해 있었고 그 옆의 공간이라도 차지하려고 나는 앞사람을 밀치며 들어갔다.

"앞에 서 계신 분들 좀 안으로 들어가세요!"

버스 기사의 익숙한 멘트를 들으면서 버스 안쪽으로 쓸려 들어가다, 나는 가슴이 멎는 줄 알았다.

"안으로 들어갑시다!"

뒤에서 밀고 들어오는 사람들이 내가 잠시 멈칫하자, 큰소리로 아우성을 쳤다. 나는 숨을 쉴 수가 없었다. 뒷걸음을 치고 싶었지만, 앞뒤로 막힌 사람들 속에 꼼짝달싹할 수가 없이 안으로 밀려들어 갔다.

"제 이야기가 안 들립니까? 안으로 좀 들어가세요!"

내가 중간 좌석 창가에 앉아 있는 한 여자를 보는 순간 벌어진 일이었다. 뒤에서 무슨 소리가 들리기는 했지만, 내 귀에는 윙윙거리는 모깃소리만 귓전을 맴돌았다. 오랫동안 잊고 있었던 슬픈 추억이 뇌 속 깊이 있는 장기기억을 빠르게 돌리고 있었다.

긴 겨울방학이 끝나고, 중학교 2학년에 올라간 나는 새 학기를 맞이하여 새로운 친구들과 사귀면서 바쁜 나날을 보내는 중이었다. 어느덧 학교 담벼락에 있던 나뭇가지 사이로 하얀 목련 꽃봉오리가 올라오고 있었다. 주말에 친구들과 만나려고 외출 준비를 하는 나를 어머니가 불렀다. 하얀 봉투와 함께 주소를 주면서 그 집 어머니께 전달하고 오라는 심부름이었다. 주소를 보니 집에서 멀지 않은 곳이라 전해주고 친구들 모임 장소로 가면 되겠다고 생각을 했다.

봉투를 꼭 손에 쥔 채로 찾아간 그 집은 대문이 상당히 큰 한옥이었다. 담장 위로는 철망이 어지럽게 처져 있었고, 그 너머로 큰 나무들이 있어 집안을 들여다볼 수가 없었다. 대문 앞에는 커다란 인터폰이 달려 있었다. 사용법을 몰라 두리번거리던 나는 버튼을 하나 눌렀다. 벨 소리가 나면서 집안에서 누군가의 목소리가 들려왔다.

"누구세요?"

약간 허스키한 소녀 목소리가 인터폰에서 흘러나왔다.

"저……."

무슨 말을 해야 할지 갑자기 생각이 나지 않아서 머뭇거리고 있었다.

"누구세요. 말을 하세요."

여자 목소리가 재촉하면서 물었다.

"어머님 심부름 왔는데요."

말끝을 흐리면서 주춤거리고 있는데, 인터폰을 통해서 누군가가 그녀에게 무슨 말을 하자 문이 덜컹 열렸다. 대문을 열고 들어가니 마당 건너에 있는 큰 마루 문이 열리면서, 인터폰에서 들렸던 어머니 친구가 올라오라고 내게 손짓을 했다.

"어머니 잘 계시제?"

다과를 내어온 어머니 친구가 다정하게 말을 건넸다.

"네. 어머니가 이 봉투 전해드리라고 했습니다."

어머니 친구는 자상하게 내게 이런저런 궁금한 질문을 했고, 나는 부끄러움을 타면서도 그녀에게 또박또박 대답을 하며 내 모습을 숨기지 않았다.

봉투를 전해주고 방에서 나오는데, 앳된 소녀가 '어머니! 학원 다녀올게요.'라고 하는 것으로 봐서는 그 집의 딸이라는 것을 알 수 있었다. 인터폰에서 들렸던 약간의 허스키한 그 목소리였다. 머리는 길게 땋아서 가느다란 목을 가렸고, 빨려 들어갈 것 같은 까만 눈동자와 눈썹이 인상적이었다. 혹시 눈이 마주칠까 봐 곁눈질로 본 그녀의 첫 모습이었다. 그녀는 나를 슬쩍 보더니 대문을 열고 뒷모습을 보이며 총총히 사라졌다. 그녀가 나간 후, 나는 한참 동안 대문을 바라보면서 서 있었다.

나는 중학교에 들어가면서 신체의 이상을 느끼기 시작했다. 등교할 때 가끔 버스 안에서 만나는 한 여학생을 보면 가슴 울렁증이 생겼다. 그녀를 만나기 위해서 항상 같은 시간에 버스를 탔다. 그녀가 버스를 타기 두 정거장 전부터 내 가슴은 콩알이 되었다. 나는 창가에 시선을 가져가며, 그녀가 버스를 타는지 보았다. 그녀가 버스를 타지 않은 날은 온종일 뭔가 잃어버린 것을 찾고 있었다.

날마다 울렁대는 가슴은 그녀를 향했다. 그 여학생이 버스에 올라타서 내 옆으로 다가올 때는 나의 온몸이 후끈거리며 굳어가고 있었다. 나는 그녀가 좋아하는 위치를 알고 미리 그곳에 자리를 잡고 있었다. 앞에 앉아 있는 남학생이 그녀의 가방을 받아주면 괜히 질투를 느꼈다. 그녀는 한 정거장 먼저 내렸다. 조금씩 멀어져 가는 그녀가 나를 보면서 손을 흔들어줄 것 같은 생각을 했다.

그렇게 사춘기의 열병이 조금씩 사라져 갈때쯤, 다른 동네로 이사를 하면서 그러한 증상은 장맛비에 젖은 옷이 마른 것처럼 말끔히 없어졌다. 그런데 어머니의 심부름을 하면서부터 다시 그 증상이 도진 것이다. 잠시 보았던 그녀의 얼굴이 아른거리기 시작하면서 가벼운 가슴앓이가 시작되었다.

어머니는 그 소녀 집에 한 달에 한 번씩 심부름을 보냈다. 두툼한 하얀 봉투를 손에 꼭 쥔 채, 그녀의 집으로 달려갔다. 한 달이라는 긴 시간은 생각보다 빨리 다가왔다. 집에서 30분 정도 걸리는 그녀의 집으로 가면서 나는 콧노래를 부르며, 내가 상상할 수 있는 동화 속으로 빠져들었다. 그 시간은 누구에게도 뺏기고 싶지 않은 나만의 비밀스러운 세상이었고, 그곳의 주인공은 그녀와 나뿐이었다.

그녀의 집에 어머니만 혼자 계실 때가 많았다. 혹시 하는 마음에 이리저리 둘러봐도 그녀의 인기척은 느낄 수 없었다. 그런 날은 집으로 돌아오는 발걸음이 무거웠다. 괜히 어머니에게 심부름시킨다고 짜증을 내기도 했지만, 며칠이 지나면 또 모든 것을 잊은 채 그날이 오기를 기다렸다. 그녀를 보지 못한 한 달은 너무 길게만 느껴졌다. 나만의 그리움만 쌓여갔다.

잠시 넋을 잃고 있던 내가 정신을 차렸을 때, 내 앞에 빈자리가 생겼다. 머뭇거리고 있는데, 옆에 서 있던 여자가 앉으면서 조금 미안했던지 눈을 감았다. 사실 그녀를 보기 위해서는 앉을 수가 없었다. 지난밤의 술기운으로 지쳐있던 몸도 어느덧 사라졌다. 왼쪽 손으로 버스 손잡이를 잡고서, 바로 내가 서 있는 앞 좌석에 앉아 있는 한 여자를 슬쩍 보았다. 그녀도 내 앞에 앉아 있는 여자처럼 눈을 감고 있었다. 파마한 모습이 불분명했지만, 입술 위에 있는 또렷한 점을 보고 오래전에 헤어졌던 그녀라는 것을 확신했다.

갑자기 가슴이 뛰기 시작했다. 생머리에 단발하고 다녔던 그녀의 파마한 모습을 보면서 많은 세월이 흘렀다고 생각했다. 그녀가 눈을 뜨며 내 시선을 의식했는지, 머리를 옆으로 돌리면서 나를 힐끔 쳐다보는 것 같았다. 순간 나는 아찔한 적막을 느꼈다. 온몸이 감전되어 타들어 가는 것을 억지로 참으며, 마른침을 소리 없이 삼켰다. 그녀는 다시 눈을 감았으나, 그녀의 눈동자는 그 속에서 움직이고 있었다. 짧은 순간의 눈 맞춤이었지만, 그녀는 나를 알아본 듯했다. 숨 막히는 정적이 시작되면서, 그녀와의 기억을 더듬어 갔다.

무성한 잎사귀들이 나무를 뒤덮기 시작했고, 교정에서 멀리 보이는 산들도 푸름이 더해가고 있었다. 내가 다니던 고등학교 근처로 그녀의 집이 이사 왔다는 것을 안 것은 그녀를 본 지 2년 후였다. 어머니는 큰 시장에서 창고를 가지고 도매 장사를 했다. 가끔 자금 사정이 안 좋으면, 어머니 친구에게 급전을 쓰고 있다는 것을 알게 된 것도 그때쯤이었다. 심부름은 어머니의 장사가 조금씩 어려워지면서 다시 시작되었다.

학교를 마치고 집에 들어서자, 어머니께서 전과 같이 봉투와 주소를 주면서 급히 다녀오라고 했다. 주소는 지난번과 달랐다. 교복을 갈아입지도 못하고 집을 나섰다. 어머니가 알려준 대로 버스를 타고 몇 정거장 지나서 북악산 기슭에 있는 고급 주택가에서 내렸다. 꾸물거리던 날씨는 버스에서 내리자 소나기를 퍼부었다. 비를 피하고자 정거장 앞에 있는 집의 처마 밑으로 달려갔다. 금방 그칠 것 같은 비는 계속해서 내리고 있었다.

비를 맞으며 찾아간 집은 지난번 시내 중심가에 있던 한옥이 아닌 커다란 양옥집이었다. 그녀의 집에 도착했을 때는 교복이 흠뻑 젖었다. 대문의 초인종을 누르자, 우산을 쓰고 나와 문을 열어준 사람은 바로 그녀였다. 2년이란 시간이 흘렀는데도 그녀에게서 달라진 모습은 한 가닥으로 땋은 머리에서 단발머리와 얼굴에 조금씩 보이기 시작한 여드름뿐이었다. 그녀는 성숙한 모습으로 내게 더욱 다가왔다.

"기다리고 있었어!"

그녀는 밝은 얼굴로 나를 반겼다.

"어머니 심부름 왔는데……."

나는 빨개진 얼굴로 그녀에게 더듬거리며 말했다.

"알고 있어. 어머니한테 이야기 들었어. 옷이 많이 젖었네!"

그녀의 안내로 거실로 들어갔다. 젖은 내 모습이 안쓰러웠는지 교복을 벗으라고 하면서 수건을 건네주었다. 순간, 스쳐 지나간 그녀의 따스한 온기가 내 몸으로 번졌다. 짧은 머리를 수건으로 닦으며, 그녀를 살며시 쳐다보았다. 그녀의 눈과 마주치면서 흠칫 놀란 건 그녀였다. 내가 그녀를 훔쳐봤다고 생각했을 것이다.

"벌써 2년이 넘은 것 같네."

나는 얼떨결에 그녀에게 2년이라는 말을 했다. 그동안 그녀를 잊고 있었던 시간인지 가슴에 두고 있었던 시간인지는 분명하지 않았다. 적어도 2년이란 시간은 우리에게 상당히 길었고, 모든 게 달라져 보일 정도로 성장하기에 충분한 시간이었다.

"글쎄! 잘 기억이 안 나네."

내가 처음 그녀의 뒷모습을 본 지 2년이란 것을 기억할 수 없을 것이다. 그녀는 내가 누구인지도 잘 모를 수 있다는 생각이 스쳐 지나갔다. 내가 가져온 봉투를 꺼내 어머니에게 전해드리라고 하려는데, 갑자기 그녀의 어머니가 방에서 나오셨다.

"비 오는데 고생 많이 했데이. 어머니는 잘 계시제?"

그녀의 어머니와는 처음은 아니었지만, 오랜만인데도 내 얼굴을 알아보시고 포근하게 맞이해 주셨다.

"이제 못 알아볼 정도로 많이 컸네. 어디 보제이. 우리 '해선'이와 같은 학년이제?"

그녀의 이름이 해선이라는 것을 처음 알았다. 그녀는 어느새 따뜻한 차를 가져와서 내 옆에 살며시 놓았다. 그녀의 어머니는 이미 어머니와 많은 대화를 한 것 같았다. 누나와 그녀의 언니가 같은 학교에 다녀서 알게 된 학부모 사이라서 그럴 수도 있겠다고 생각했다. 한 달에 한 번씩 심부름을 다니기 시작하면서 학교에서 가까운 그녀의 집 근처를 방과 후 가끔 두리번거리기 시작했다. 큰길 옆 개천을 따라 저 멀리 보이는 그녀의 집을 지나치는 날이면, 뒤에서 그녀가 부르는 소리가 들렸다. 뒤를 돌아보면 그녀는 사라지고 없었다. 그런 날이 계속되면서 나는 가슴앓이를 다시 시작했다.

해선을 만나러 갔다. 어머니가 내게 흰 봉투를 준 것이 한 달 후였다. 그날은 토요일이라 오전부터 그녀의 집으로 달려갔다. 어머니는 내가 왜 심부름을 잘하는지 알고 있었다. 어머니는 그녀의 어머니와 무슨 말을 했을 것이다. 버스 안에서도 혹시 그녀가 없으면 어떻게 하나를 수없이 되새겼다. 그녀한테 무슨 말을 먼저 해야 할지 생각을 했다. 지난번같이 절대 떨면 안 된다고 다짐하고 또 다짐했다.

집에 들어서자 나를 맞이 해 준 사람은 해선이었다. 여름이라 하얀 블라우스를 입은 그녀의 가슴이 살짝 드러나 보였다. 그동안 잘 보이지 않았던 그녀의 가슴이 뽀얗게 올라와 있었다. 청바지 스커트는 내 시선을 잡아서 놓지를 않았다. 그녀의 긴 다리에 시선이 고정되면서 나는 야릇한 감정을 느꼈다. 가슴이 참을 수 없이 떨렸다. 그녀가 조금씩 여자로 보이기 시작한 걸까.

거실에 들어서자 또 한 사람이 나를 빙그레 웃으며 반겨줬다. 누나 친구라는 것을 직감했다. 내가 해선에게 관심을 보이기 시작하자, 어머니께서 누나에게 이야기했을 것이다. 해선이 언니가 차와 함께 과자를 담은 그릇을 가져왔다.

"누나에게 네 이야기 많이 들었다."

해선이 언니는 누나에게 무슨 소리를 들었는지 웃음을 참지 못하면서 말을 이어갔다.

"해선이 보러 열심히 심부름 다닌다고 하던데……."

순간 내 얼굴에 피가 쏠렸다.

"아! 네. 그게……."

옆에 있던 해선을 몰래 쳐다보면서 우물쭈물하며 말을 더듬었다. 해선이도 당황했는지 내 시선을 피했다.

"오랜만에 왔으니 해선이랑 이야기하면서 놀다 가라."

해선이 언니는 우리를 위해서 자리를 피해 줬고, 우리의 시간은 그렇게 다가왔다.

버스 창밖으로 지나가는 거리의 익숙한 풍경이 오늘따라 어색해 보였다. 풍경이 내 눈으로 들어오지 않아서일까? 잡고 있던 손잡이가 땀으로 젖어서인지 미끈거렸다. 그녀의 뒷모습이 낯설어, 살짝

왼쪽으로 고개를 돌리면서 그녀를 바라보았다. 차창 가에 반사되는 그녀는 미동도 하지 않고 있었다. 어렴풋이 떠오르는 그녀의 지난 모습이 스쳐 지나갔다. 그녀는 눈을 감은 채, 가쁜 숨을 내쉬면서 가슴이 심하게 움직이고 있었다. 표정은 긴장해서인지 굳어 있었다. 그녀는 지금 무슨 생각을 하고 있을까?

어느덧 30대 후반이 되어 있는 그녀가 아침 일찍 출근하는 모습이 조금은 측은해 보였다. 남편 잘 만나서 호강하며 살 것만 같았던 그녀였다. 다시는 볼 수 없을 줄 알았는데, 바로 옆에 있다는 사실이 믿기지 않았다. 당장에라도 그녀에게 '오래 기다려 줬던 너에게 고마웠다.'라고 한마디 하고 싶었다. 아직도 잊을 수 없는 아픔이 내 가슴 한 곳에 남아있어 입술을 꼭 깨물고 있었다. 나의 과거를 치유해 줄 수 있는 그녀가 먼저 입을 열어준다면, 그 아픔이 눈 녹듯이 사라질 것 같았다. 나는 눈을 감았다.

그녀의 집 근처 로터리에 있는 제과점에서 그녀를 오랜만에 만났다. 그녀의 집과 내가 다니던 학교가 그 로터리에서 가까운 곳이었다. 우리는 얼마 남지 않은 대입 준비를 위해서 자주 볼 수가 없었다. 거리에는 단풍이 물들고 있었고, 싸늘해진 바람은 손을 주머니 속으로 집어넣게 했다. 먼저 온 해선이 밝은 표정으로 문을 열고 들어서는 나를 보며 손을 흔들었다. 그녀의 밝은 모습이 마음을 편하게 해 주었다.

"대학 진로는 정했어?"

그녀는 탁자 앞에 있던 우유를 마시면서 물어보았다.

"글쎄? 요즈음 머리가 복잡하네."

부모님은 자기 인생 자기가 책임지는 거라고 신중하게 잘 결정하라고 했지만, 마음속에 항상 내재하여 있는 '인간이란 무엇인가'라는 명제가 꿈틀거릴 때마다 진로에 대한 고민의 늪에 빠졌다.

"너는 결정했어?"

나를 바라보는 그녀의 시선을 질문으로 피했다.

"응! 사범대로 진학하려고 해."

그녀는 항상 애들을 가르치며 살아가겠다고 했었다. 우리들의 고민은 깊어만 갔지만, 성적이 선택의 지표가 될 거라는 사실을 잘 알고 있었다.

로터리를 끼고 그녀의 집으로 가는 길은 가파른 언덕이었다. 길가 양쪽으로 오래된 집들 사이로 뻗어 나온 나뭇잎들은 빨갛게 물들어 있었다. 앞에 보이는 산 사이로 떨어지는 태양은 어둠을 부르고 있었다. 갈 길 바쁜 사람처럼 우리는 부는 바람을 뒤로하며 한동안 말없이 걸었다. 그녀를 처음 본지 벌써 5년이 다 되어갔지만, 아직도 그녀 앞에서 제대로 말 못 하는 내가 싫었다. 그녀의 집 근처에 다다랐을 때 가로등이 켜지기 시작했다.

"얼마 남지 않았는데 서로 열심히 해서 원하는 대학 가자."

헤어지는 아쉬움을 달래며 그녀에게 던진 말이다.

"우리들의 새로운 세계, 새로운 희망을 위해서 노력해."

그녀는 내 눈을 응시하며 차분하게 말했다. '새로운 세계, 새로운 희망'이라는 의미를 나는 알 듯했다. 돌아서서 대문 초인종을 누르려는 그녀의 손을 나도 모르게 잡아챘다. 순간 당황한 그녀를 내 가슴으로 끌어들였다. 처음으로 그녀의 따뜻한 가슴을 느꼈다. 이성이 아닌 어머니 같은 그녀의 포근함이 온몸을 감쌌다.

버스가 서울로 들어서면서 나는 불안함을 느꼈다. 그녀가 어디서 내릴지 궁금하기도 하고, 갑자기 내리면 다시는 보지 못할 것 같았기 때문이다. 버스는 고속도로를 달리면서 정차를 하지 않았지만, 이제부터는 정류장이 시작되었다. 평소보다 빠른 느낌의 버스 속도가 야속하기만 했다. 승객들은 서서히 눈을 뜨기 시작했고, 내릴 준비를 하고 있었다. 서 있던 사람들이 내리는 사람들의 자리에 앉았다.

버스는 내 속도 모르고 정류장마다 섰다. 그럴 때마다 나는 옆 눈짓으로 그녀를 보았다. 아직 내릴 것 같지는 않았지만, 가슴이 조마조마해졌다. 그녀는 이미 나를 의식하고 있는 것 같았다. 몸의 움직임이 불안하고, 어색했다. 파마한 머리 너머로 살짝 보이는 그녀의 얼굴은 아직도 나이에 비해서 앳되어 보였지만, 표정은 굳어있었다.

버스가 정차할 때마다 가슴이 출렁거렸다. 갑자기 그녀가 뛰어내리면 어쩌나 하는 생각이 들었다. 어제 먹은 술이 덜 깼는지 머리가 지끈거렸다. 버스가 신호등에 서 있으면, 모든 것이 순간 정지된 느낌이 들었다. 버스 창에서 반사되는 그녀의 모습이 창에 낀 서리로 희미하게 보였다. 아직은 내릴 기미가 보이지 않았다. 그녀와의 마지막 날이 떠올랐다.

눈이 내린 거리는 을씨년스러웠다. 도로에 쌓인 눈은 걸어가는 사람들을 불안한 모습으로 만들었다. 늘어선 가게들은 크리스마스 장식으로 불빛이 화려했지만, 추위를 녹이지는 못했다. 대학을 졸업 후, 집안 사정으로 원하던 교직을 포기하고 취직을 한 그녀는 새로운 직장 생활이 즐거워 보였다. 그녀는 만날 때마다 갓 제대해서 복학한 나에게 회사에서 일어난 일들을 이야기해 주었다. 오랫동안 간직하고 있던 그녀의 순수한 모습은 성숙함으로 변해가고 있었다.

바쁜 사회생활로 그녀와 만나는 횟수가 줄어들었다. 가끔 들려주는 주변 친구들의 결혼 이야기와 회사에서 많은 사람과의 대화들이 그녀를 변화시켰을 것이다. 그녀가 바쁘다는 이유로 만남이 뜸해진 것도 그 무렵이었다. 사무실로 전화를 걸면 근무 중이라 전화를 받을 수 없다고 했다. 저녁에 만나자고 하면 이런저런 핑계를 대며 만남을 피했다. 얼마 후, 그녀에게 먼저 만나자는 연락이 왔다. 우리가 자주 가는 그녀의 집 근처 로터리에 있는 카페였다.

밝은 모습으로 손을 흔들며 들어오던 전과 달리 조용한 그녀의 표정은 어두워 보였다. 그녀의 입에서 무슨 말이 나올지 불안감이 몰려왔다. 나는 애써 미소를 지으며 그녀를 맞이했지만, 그녀가 본 내 표정도 그리 밝지는 않았을 것이다. 한동안 정적이 흘렀다. 그녀는 시켜놓은 저녁도 먹는 둥 마는 둥 하면서 평소에 잘 먹지도 않던 술을 계속 마셨다. 정적을 깬 건 그녀였다.

"우리가 정말 행복하게 같이 살 수 있을까?"

"……"

그녀가 무심히 던진 말에 나는 아무런 말도 할 수가 없었다. 행복이라는 단어를 듣는 순간 카페 주방에서 그릇이 바닥으로 떨어져 깨지는 소리가 들려왔다. 그녀는 흠짓 놀라는 내 모습을 보았다. 그리고 다시 정적이 흘렀다.

"집에서는 빨리 결혼하라고 하는데……"

그녀는 오랫동안 내 곁에서 위성처럼 맴돌았고, 나는 그녀가 영원한 나의 별이 될 것이라고 믿고 있었지만, 나와 같이 했던 세월이 그녀의 발목을 잡은 듯했다.

"무슨 이야기인지는 알겠지만……"

힘없이 뱉은 내 목소리가 그녀에게 들렸는지 모르겠다. 그녀의 집안 사정을 어머니를 통해서 얼핏 들어서 알고는 있었다. 그녀의 눈에 이슬이 맺히기 시작했다. 술기운이 그녀의 감정을 억제하지 못하게 만들었을 것이다.

그녀와 같이 수없이 걸었던 언덕길을 오르면서 그녀는 항상 그랬듯이 내 오른쪽으로 팔짱을 끼었다. 술 취한 모습을 제외하면 그녀는 달라져 보이지 않았다. 내가 그녀를 잡아주기를 바랐을지도 모른다. 그녀에게 보여줬던 나의 나약함이 이제는 싫어졌는지도 모른다. 먼 길을 면회 온 그녀를 돌려보내고, 외박증을 찢어버렸던 나를 여러 번 후회했었다. 그녀가 집으로 가면서 외로움과 갈등의 눈물을 흘렸을 것이다.

그녀가 나를 쳐다봤다. 무슨 말을 하려다 머뭇거렸다. 그녀의 얼굴에는 술을 마시면서, 집안의 일로 인한 서러움인지 나와의 아쉬움인지는 모르겠지만, 흘렀던 눈물 자국이 조금 남아있었다. 10여 년간 그녀와 만나면서 헤어지기 싫어 한 번도 거른 적이 없는 이 언덕길을 걷는 것도 마지막이라는 생각이 들자, 가슴이 먹먹해졌다. 한마디 말도 없이 걸어가면서 그녀와의 수많은 대화들을 떠올렸다. 그녀도 그랬을 것이다.

그녀의 집이 점점 다가오면서 그녀가 낀 팔짱이 더욱 강하게 느껴져 왔다. 카페에서 먹은 술기운이 점점 머리 위로 올라오고 있었다. 이대로 그녀와 멀리 도망칠까 라는 생각이 들었다. 그녀가 말하는 '행복하게 살 수 있을까?'라는 말을 계속 반복했다. 그녀의 집 앞에서 나는 그녀의 눈동자를 똑바로 보았다. 그녀의 모습이 점점 흐려지기 시작했다. 나를 원망하는 감정을 억누르지 못하고 그녀를 힘껏 껴안았다. 그리고 그녀의 입술을 내 입술로 빨아들였다. 그것이 그녀를 본 마지막이었다.

버스가 갑자기 요동을 쳤다. 사람들의 몸이 앞으로 쏠리면서 동시에 가벼운 비명이 들려왔다. 내 앞에 앉아 있던 여자도 놀란 듯 눈을 떴다. 가끔 벌어지는 버스 안의 소동은 익숙해진 지 오래다. 버스가 조용히 움직이자, 아무런 일 없었다는 듯 다시 새로운 정적이 흘렀다. 왼쪽 손잡이 사이로 잠시 잊었던 그녀를 내려다봤을 때, 살며시 눈을 뜬 채 차창 너머로 나를 보는 듯했다. 그녀의 시선이 다시 차창 밖으로 옮겨지면서 나의 시선도 그곳으로 따라갔다. 지나가는 익숙한 풍경들이 온통 그녀의 얼굴로 보였다.

몇 분이 흘렀을까, 그녀의 시선이 다시 서서히 내게로 오는 걸 느꼈다. 나는 눈을 감았다. 그녀가 나를 보면서 무슨 말이라도 할 것만 같았다. 버스가 정거장에 멈추자 많은 사람이 내리기 시작했다. 뒷좌석에 있던 몇 사람이 앞자리로 옮기면서 내가 서 있던 뒷자리가 많이 남았다. 운전기사는 내가 계속 한 자리에 서 있자, 백미러를 통해서 눈치를 주기 시작했다. 나는 잠시 머뭇거리다 그녀의 바로 뒷좌석 창가에 앉았다. 그녀의 뒷모습을 보면서 바로 옆에 같이 앉아 있다는 상상을 했다. 그녀가 갑자기 뒤를 보면서 말을 건넬 것만 같았다.

그녀와 헤어진 얼마 동안 매일 술을 마셨다. 괴로움은 알코올로 치유가 되지 않았다. 고통의 터널에서 벗어나기에는 시간이 필요했다. 그녀를 처음 봤을 때의 가슴앓이가 다시 도졌지만, 전과는 달랐다. 긴 겨울방학은 그렇게 지나갔다. 내가 정신을 차리자, 어머니가 나를 조용히 불렀다.

"해선이가 그렇게 좋나?"

어머니가 둘 사이를 몰라서 물어본 것은 아닐 것이다.

"처음으로 느꼈던 감정이 아직도 제 몸속에서 돌고 있어요."

솔직히 너무 힘들어서 어머니께 도와달라고 애원을 하고 싶었다. 그녀와의 끊을 수 없는 감정이 시간이 갈수록 더욱 강렬해졌기 때문이다.

"지난번에 얼핏 이야기했제. 그 애가 이미 결혼 상대가 있는 것 같던데, 이제는 너도 정신을 차려야제."

어머니의 말은 냉정했다. 빨리 미련을 갖지 말고 잊어버리라는 말 같았다.

"해선이 아버지가 하는 사업이 좋지 않았는데, 투자하기로 한 분이 아들과 결혼하는 조건을 달았던 것 같더라. 집안이 어려우니 우짜겠노."

어머니가 해선이 어머니에게서 들은 말인 것 같았다. 궁금한 게 많았지만, 나는 아무 말 없이 방에서 나왔다. 어머니도 속상해서 했던 말이지만, 결국 나에게는 그녀를 잊으라는 최후통첩 같았다.

어머니의 말이 아니었으면, 나는 그녀를 포기하지 않았을 것이다. 그녀가 나를 떠난 것이 아니라, 내가 그녀를 놓아준 것이다. 그녀는 내게 순수하게 다가왔었고, 가슴속에 그녀의 마지막 모습을 간직하고 싶었다. 그녀의 결혼 소식을 들은 이후로는 자연스럽게 잊혀갔다. 회사에서 만난 아내는 내 아픈 과거의 흔적을 치유해 주었다. 그녀가 문뜩 생각날 때면, 나는 일 년에 한 번씩 독감 예방주사를 맞고 있다고 생각했다.

버스가 서울 중심가로 진입하면서 사람들이 얼마 남지를 않았다. 그녀의 옆자리가 비면서 나도 모르게 그 자리에 앉을 뻔했다. 그녀에게 보고 싶었다고 말하고 싶었다. 나는 그럴 수가 없었다. 그녀의 어색함이 싫었고, 과거의 아픈 상처를 건드리고 싶지 않았다. 그녀가 다시 내 기억 속에 있는 그 자리를 떠난다는 것은 더욱 싫었다. 그녀의 추억을 잃어버리는 것은 불가능했다. 나는 다음 정거장에서 내려야 하는데, 그녀는 내리지 않았다. 그녀가 내릴 때까지 눈을 감고 있었다.

| 우리의 이야기 |

넥타이

저녁 늦게 들어선 집은 전과 다르게 침묵이 흘렀다. 항상 켜져 있던 TV도 오늘은 조용했다. 직장 동료들과 마신 술기운 탓인지 갈지자 걸음걸이를 하고 현관을 들어섰다. 방문을 열고 나오던 아내는 휘청거리는 나의 모습이 불안한지 부축을 해줬다. 아내는 충혈된 내 눈을 쳐다보며 말을 건넸다.

"얼마나 마셨기에 몸도 제대로 못 가누는 거예요?"

"술 한잔해서 그래. 신경 쓰지 마!"

가슴 깊은 곳에서부터 일어나는 분노가 자신도 모르게 서글픔으로 바뀌면서, 힘없이 아내 앞에서 쏟아내고 말았다.

"당신! 회사에서 무슨 일이 있었어요?"

집사람은 뭔가 눈치를 챘는지 다그치면서 물어왔다. 순간 멈칫한 나는 허공에다 손사래를 쳤다.

"당신이 힘든 사회 생활하는 남자들의 세계를 어찌 알겠어."

푸념 섞인 말투로 아내에게 하소연하듯이 던진 말이었다.

오늘 아침 사장에게 내 평생 처음 들어보는 말 때문만은 아니었다. 사장은 힘없이 나오는 내 뒷모습을 보았을 것이다.

"유 상무! 내 방으로 잠깐 들러요."

아침부터 전화기로 들려온 사장의 목소리는 일상적이지 않았다. 회사에 들어와서 사장과 같이한 세월이 벌써 30년이 다 되어 가는데, 그 목소리를 내가 모를 리가 없었다.

"무슨 일이신지요?"

사장실로 들어서면서 평소와는 다르게 내 목소리는 기어들어 가고 있었다. 왜 나를 불렀는지 회사에서 떠도는 소문으로 어느 정도 알고는 있었다.

"유 상무와 일하면서 좋은 일도 많았는데, 벌써 30년이란 세월이 이렇게 흘렀네."

사장이 내 눈을 제대로 보지 않고 말을 돌리는 것은 우리의 스타일이 아니었다. 그는 평소에는 자상하고 따뜻해 보였지만, 업무에 있어서만큼은 엄격했다.

"유 상무, 넥타이가 바뀌었네. 지난번 내가 해외 출장 다녀오면서 선물한 건가?"

사장이 굳어있는 내 표정에 긴장감을 느꼈는지, 화제를 돌리려고 애를 쓰고 있었다. 내가 매고 있던 넥타이는 회사 생활하면서 거의 변함없는 남색 바탕에 빨간색의 스트라이프였다. 매고 있던 것이 낡아 보였는지 사장이 눈여겨보고 내게 같은 디자인으로 선물한 것이다.

"제가 사장님과 일하면서 처음 받았던 선물이 마음에 들어 오늘 매고 나왔습니다.

사장의 의중을 알고 있는 듯한 나의 말에 그는 멈칫하며, 잠시 눈을 감았다. 지난 일들을 반추하는 듯해 보였으나, 그의 손은 제자리를 잡지 못하고 있었다.

"이번 인사에서 아무리 생각해봐도 유 상무가 후배를 위해서 결단을 내려줘야겠는데……."

말끝을 흐리는 사장의 말에 나는 담담하게 그의 눈을 응시했다. 고개를 힘없이 끄덕거리며, 침묵으로 그의 말에 동의해 주었다. 그는 내 시선을 피하면서 창밖을 내다봤다. 나보다 더 긴장한 듯 헛기침을 하면서 애매한 분위기를 해소하려고 안간힘을 쓰는 그가 안쓰럽기까지 했다.

"이미 예상은 하고 있었습니다. 그동안 사장님께서 배려해 주신 덕분에 여기까지 올 수 있었습니다. 그리고……"

그에게 할 수 있는 말이 마땅히 떠오르지 않아 나도 모르게 형식적으로 나지막이 말하며 말끝을 흐렸다. 수많은 세월을 같이 일하면서 누구보다도 잘 아는 나를 사장이 어려운 말을 꺼내기에는 무척이나 힘이 들었을 것이다. 시선을 돌리다가 사장과 회사 행사 때 찍은 벽에 걸린 사진을 응시하였다. 어색했던 분위기는 내가 사장에게 인사하고 방문을 나오면서 막을 내렸다.

"자러 들어간다. 내일은 깨우지 마!"

아내의 시선을 피하면서 한마디 툭 던지고, 나는 방 안으로 들어갔다. 아내는 문뜩 무슨 말을 해야 한다고 생각하면서도 나의 무뚝뚝한 말에 신경이 쓰였던지, 조용히 내 뒷모습을 바라보고만 있는 듯했다. 어두운 방으로 들어서서 스위치를 켜는 순간, 깜짝 놀랐다. 평소에는 느끼지 못했던 강한 불빛이 내 눈으로 들어오자 순간적으로 방 안이 더욱 깜깜해졌다. 늘 하던 대로 상의를 벗고, 넥타이를 풀었다. 침대에 누워서 천장을 바라보았다. 문뜩 이 자리에서 영원히 일어나지 않았으면 하는 생각이 들었다. 밖에서 아내의 인기척은 들리지 않았다. 어두운 방 천장에는 수많은 별이 떠다니고 있었다. 그동안 회사생활을 하면서 일어난 일들이 낡은 영화 필름처럼 흐릿한 영상으로 스쳐 지나갔다.

"오늘 첫 출근인데 늦겠다!"

내가 늦을까 봐 노심초사 밖에서 기다리시던 어머니가 재촉하는 소리가 들렸다. 처음 매어 보는 넥타이는 내 목에서 이탈하려는 듯 꼬이고, 또 꼬였다. 오랜 세월 아버지에게 그러했듯이 어머니는 방으로 들어와서 손수 넥타이를 매주었다. 아침 출근 때마다 아버지는 어머니가 목을 다정하게 감싸주며, 넥타이를 매어주는 것을 은근히 기다렸다. 어린 내 눈에 그런 광경을 뒤에서 지켜볼 때면, 두 분이 다정하게 포옹하는 모습처럼 보였다. 지금 아버지의 그런 느낌을 알 수 있을 것 같았다.

어머니는 성격이 급한 내게는 어울리지 않겠다 싶었던지, 약식으로 매는 법을 알려주었다. 어머니가 입사 기념으로 사주신 남색 바탕에 빨간색 스트라이프 넥타이는 그런대로 잘 어울렸다. 나 때문에 평소 아침과 다르게 정신이 없어 보이는 어머니는 빠른 손놀림으로 아버지의 넥타이를 매어주고는 두 분이 현관으로 서둘러 나가고 있었다. 나는 아버지의 뒤를 따라 부리나케 뛰쳐나갔다. 두 분의 익숙한 아침은 항상 그랬다. 출근 첫날은 그렇게 허둥대며 아침 식사도 거른 채 집을 나와야 했다.

사무실에 들어서자 직원들이 동시에 나를 쳐다봤다. 그들은 사진기 렌즈를 통해서 움직이는 피사체를 꿰뚫어 보며 셔터를 누르는 사진사가 되어있었다. 그들의 시선들이 무척이나 낯설고 부담스러워서, 어색해진 내 몸은 경직되어 있었다. 그들의 시선을 의식할 때마다 긴장한 탓인지, 내 손이 자꾸만 매어진 넥타이로 가면서 손에 묻은 땀으로 얼룩이 지기 시작했다.

"유영규 씨! 동료들을 소개해줄게요."

회사에서 업무를 가르쳐줄 선배가 나를 불렀다. 그는 차분하면서도 유머를 섞어가며 나를 편안하게 해 주려는 따뜻함을 느낄 수가 있었다.

"신입사원 유영규입니다. 잘 부탁드립니다."

한 사람씩 인사를 시켜줄 때마다 시선이 그들의 넥타이로 향했고, 다양한 색깔과 패턴을 통해 개개인의 개성을 보는 듯했다. 나를 소개해준 선배의 넥타이는 '윈저노트(windsor knot)' 스타일로 단정하면서도 중압감을 느끼게 했다. 처음 본 그의 스타일이 시간이 지나면서 나도 모르게 서서히 그의 스타일로 닮아가고 있었다.

회사생활에 익숙해지면서 모든 것이 전쟁터로 변해가는 것을 느꼈다. 이른 아침부터 사무실은 직원들이 바쁘게 움직이고 있었고, 어느새 시장바닥으로 변해갔다. 여기저기서 들리는 고성이 귀에서 가슴으로 전달되었고, 전화기를 붙잡고 큰 소리로 언성을 높이는 소리가 끊임없이 들려왔다. 일에 몰입하다 보면 어느새 넥타이는 조금씩 풀리기 시작했고, 늦은 오후가 되면 거의 목에 걸려 힘없이 흔들리고 있었다. 그런 모습을 한 직원들이 많아질수록 창밖은 어두움으로 변해갔다. 저녁 퇴근 무렵이면 홀가분하게 긴장감을 풀면서, 회사 근처 술집에서 스트레스를 술잔 속으로 날려 보냈다. 그런 일상생활이 반복되면서 어느덧 회사생활에 적응해가고 있었다.

"유영규 씨! 넥타이가 이제는 잘 어울리네."

선배가 술자리에서 하는 소리가 낯설지 않다.

"신입사원 때는 넥타이가 목에서 따로 놀았는데 이제는 같이 붙어다닙니다."

나의 호탕한 대답에 선배들은 그 말뜻을 잘 알기에 공감해 주었다.

어느덧 중견 사원이 된 나는 신입사원이 들어오면 교육 시간에 먼저 넥타이에 관한 이야기를 들려주었다.

"넥타이는 루이 14세에게 용병 부대가 충성을 맹세하기 위해 가슴에 맨 것에서 유래했다고 합니다. 당시 프랑스 왕실을 보호하기 위해 크로아티아의 병사들이 파리에 도착했을 때, 그들은 모두 스카프를 목에 감고 있었습니다."

갑자기 내 이야기에 신입사원들은 의아해했고, 그럴수록 나는 그들의 눈동자를 응시하면서 내가 크로아티아의 병사가 되어 넥타이를 만지며 말을 이어갔다.

"그 스카프는 무사 귀환의 염원을 담아 병사들의 아내나 연인이 감아준 일종의 부적이었다고 합니다."

신입사원들은 항상 목에 매고 다니는 넥타이의 의미를 잘 모르는 듯했다.

"스카프는 자신에 대한 일종의 부적이기도 하지만, 그것을 감아준 여인들에 대한 책임감이기도 하지요."

그들의 눈빛이 조금씩 달라지기 시작했다. 넥타이를 풀 때까지 일에 대한 책임감과 긴장감을 가지라는 일종의 정신교육이었다. 넥타이는 내가 회사생활에서 견뎌낼 수 있는 유일한 도구이자 힘이었기 때문이다.

어느 날 회사 근처에 있는 서울역 광장 앞에 많은 사람이 몰려들었다. 높은 빌딩 창가 너머로 보이는 그들 중 무리 대다수가 하얀 와이셔츠 바람으로 넥타이를 머리에 둘러매고 있었다. 그들은 무엇인가를 외치며, 시내 중심가로 향하고 있었다. 누구에 의해서가 아닌 자발적으로 거리로 뛰쳐나온 사람들이었다. 넥타이를 목에 매는 것으로만 생각했던 나였기에 그런 광경을 보면서, 넥타이가 크로아티아 병사들이 전장으로 나갈 때 그것을 감아준 여인들에 대한 책임감이라는 말이 떠올랐다. 책임감은 이 시대를 살면서 가져야 할 우리들의 의무이자 권리였다. 가족과 국가를 위해서 넥타이를 머리에 매고 거리를 행진하는 그들을 보면서, 어느새 그 무리 속에 있는 나를 발견했다.

"이번에도 간접선거로 대통령을 뽑으면 당연한 결과가 나오지 않겠어?"

내가 옆에 있던 회사 동료인 김 대리에게 걸어가면서 말했다.

"벌써 몇 번째 그들이 한 지붕 아래서 대통령 선거를 했나?"

김 대리도 70년대 유신 시대 교육을 받은 나와 마찬가지로 그동안 억눌렸던 상황을 이해하고 있었다. 사람들의 불만이 여기저기서 튀어나오기 시작했다.

"이제는 우리도 선거에 참여해야 합니다. 그리고 우리가 원하는 대통령을 우리 손으로 뽑아야죠! 절대로 이번만은 가만히 있어서는 안 됩니다!"

무리에 있는 사람들은 이번에는 결사적으로 직선을 해야 한다고 소리를 높였다. 대열이 광화문 네거리로 다가서면서 최루탄이 터지기 시작하자, 주변의 건물에서 더 많은 넥타이를 맨 사람들이 몰려나왔다. 잠시 흐트러졌던 대열은 다시 더 큰 대열을 만들었고, 그들은 말없이 앞으로 나갔다. 최루탄으로 앞뒤 분간할 수 없는 상황에서도 '호헌철폐! 독재 타도!' 라고 그들이 외치는 소리는 더욱 커져 광화문 네거리에 울려 퍼지고 있었다.

그날 저녁 같이 동참했던 김 대리와 회사 근처 주점에서 술을 마셨다.

"유대리! 우리가 이 시대를 살면서 사회도 변화해야 한다면, 그것을 행동으로 옮겨야 한다고 생각하지 않아?"

김 대리는 먹은 술이 쌓이면서 울분을 참지 못한 채, 그동안 자신의 행동이 이 시대의 방관자로 보인 것은 아닌지 걱정하는 것 같았다. 그의 넥타이는 머리에서 내려오지 않았고, 온몸에 흐르는 피를 그의 뇌 속으로 역류시켜서 또 다른 그를 만들고 있었다.

"이 시대의 영웅은 사라진 것이 아니라, 우리가 잃어버린 것이네."

술잔을 부딪치면서 그를 잠시 응시하며 말했다. 김 대리의 자책하는 마음을 달래주고 싶은 마음으로 한 말은 아니다. 우리는 영웅을 사실 잃어버린 것이 아니라 잊고 있었다. 우리들의 바쁜 생활이 현실 문제를 외면하고 있었다.

"그렇다면 우리가 그런 영웅을 찾을 수 있을까?"

김 대리는 술이 몇 순배 넘어가자, 결연하게 목에 핏줄을 세우며 말했다. 김 대리는 나약했던 자신을 다시 일으켜 세우려고 안간힘을 쓰는 것 같았다. 넥타이를 머리에 매고 몰려든 우리가 잊혔던 진정한 영웅들이었다. 그들과 동참하여서 한 무리를 이루며 보았던 그들의 모습은 이 나라를 지키기 위한 책임감 때문이었다. 그 속에서 우리는 잊어버린 영웅들을 찾았다고 생각했다.

얼마 후, 대통령의 담화문 발표가 있었고, 신문에는 '넥타이부대, 그들이 해냈다' 라는 헤드라인을 볼 수 있었다. 길고 길었던 대통령 간선제에서 직선제로 바뀌는 순간에 우리가 있었다.

내가 유일하게 발을 뻗고 쉴 수 있는 날은 어쩌다 일이 없는 주말이었다. 그동안 밀린 잠을 식사도 거른 채 자는 것이 유일한 낙이었다. 일주일 내내 업무에 시달렸고, 저녁에는 손님 접대로 몸은 물먹은 솜처럼 천근만근 무겁기만 했다. 오늘도 오랜만에 하루 쉴 수 있는 주말이라 나른한 여유로움을 잠으로 즐기고 싶었다. 그런데 밖에서 아침 일찍부터 아내의 무거운 곰 발소리가 자주 들려왔다. 집에 있는 남편이 잠만 자고 있어 미워 보였는지, 아내가 갑자기 방으로 들어오더니 이불을 걷어 버렸다. 며칠 동안 늦게 들어와서 볼 수 없었던 나에게 심술이 발동한 것 같았다. 주말은 아내의 성화에 집에서도 전쟁이었다. 나를 못마땅하게 쳐다보는 아내에게 무심코 던진 말이 화근이 되고 말았다.

"넥타이를 풀면 긴장감이 없어지는지 맥이 풀리네."

실눈을 뜨고 졸린 표정으로 아내를 보며 한 말에 아내는 그동안 참았던 말들을 쏟아내기 시작했다.

"허구한 날 술 먹고 늦게 들어와서 씻지도 않고 자면서, 오늘 같은 날은 조금 일찍 일어나서 집안일을 도와주면 안 돼요!"

아내는 흥분한 듯 떨린 목소리로 그동안 참아왔던 울분을 토해냈다. 나는 아무 말도 할 수가 없었다. 그녀는 울먹이기까지 했다. 밀렸던 잠을 자려던 내 계획은 여지없이 무너졌다. 아내의 그런 모습을 보면서 오늘은 밀렸던 집안일을 도와줘야겠다고 생각했다.

"일에 시달리다 보니 미쳐 당신을 챙기지도 못하고 정신이 없었네. 미안해!"

기어들어 가는 소리로 아내에게 용서를 빌면서, 벌떡 일어나 살며시 손을 잡았다. 회사 일에 늘 쫓기듯 지내오다 보니 그동안 아내에게 소홀했던 것이 미안했다. 나이가 들면서 아내에 대해 미안함이 애교 섞인 목소리로 변해가고 있었다.

"집안일 끝내고, 백화점에 가서 당신 필요한 옷 사러 갈까?"

힐끗 그녀의 얼굴을 봤다. 아내는 내 말 한마디에 기다렸다는 듯이 웃는 얼굴로 신나 하면서, 까치발로 방을 나갔다.

주말이라 백화점에는 발 디딜 틈이 없이 많은 사람이 있었다. 나 같은 남자들이 여기저기 눈에 띄었고, 그들 대부분이 마지못해 끌려 나온 모습들이었다. 하품을 하는 사람, 한눈을 팔며 시선을 이리저리 돌리는 사람, 아내 뒤를 졸졸 총총걸음으로 따라가는 사람, 아내가 물건을 사고 있는데 뒤도 안 보고 걸어가다 뒤통수가 근지러워 한 번씩 쳐다보는 사람, 아예 아내가 쇼핑하는 동안 의자에 앉아서 책을 보는 사람. 다양한 사람들을 보면서, 문득 아내에게 집중해야겠다는 생각이 들었다.

"봄도 되었는데 화사한 옷 하나 골라봐."

얼마 만에 하는 소리인지 기억이 나지 않았다. 아이들과 남편 뒷바라지에 정신없이 살아온 아내였다. 애들이 학교를 졸업하고, 이제는 직장을 다니느라 집에서는 거의 볼 수가 없었다. 아내는 예전 같지 않았다. 혼자 조용한 집에서 어떻게 지내는지 관심을 가지지 못했다. 갱년기를 겪고 있는 아내가 어느새 눈가에 주름이 잡혀가고 있는 모습이 안쓰러워 보였다. 그녀와 정신없이 보낸 지난 세월이 주마등처럼 지나갔다.

친구가 어렵게 자리를 만들어 준 아내와 처음 만나기로 한 날, 나는 무슨 색의 넥타이를 맬 것인지 고민하였다. 내가 가장 좋아하는 희망을 준다는 오렌지색, 항상 매고 다니는 남색 바탕에 빨간색의 스트라이프, 아니면 평범한 푸른색의 솔리드를 맬까 생각하면서 넥타이를 고르는 내 머릿속은 이미 여러 가지 색깔로 모자이크가 되어 있었다. 결국은 그녀가 좋아할 것 같은 오렌지색의 솔리드를 매기로 정하였다. 약속 장소로 가는 버스 안에서 창으로 비치는 오렌지색 넥타이는 내게 좋은 예감으로 다가왔다. 그동안 바빴던 회사생활로 벌써 삼십이 넘은 노총각이 누릴 수 있는 호사는 이제 장가가는 일밖에 없다고 생각하고 있었다. 귀에 못이 박히도록 들었던 '장가가라' 라는 부모님의 혼성듀엣은 이제 들을 수 없을 것 같다는 아쉬움도 들기 시작했다.

버스가 드디어 정류장에 들어섰고, 문이 열리자마자 그녀와 만남의 기대로 환호성을 지르며 뛰어내렸다. 그런데 꽝! 하면서 갑자기 머리에 번개가 쳤다. 전봇대가 나를 암각화로 만든 것이다. 많은 시간이 흘렀을까, 눈을 떠 보니 내 주위는 하얀색으로 바뀌어 있었고, 부모님이 안쓰러운 얼굴로 나를 보고 있었다.

그녀와의 만남은 그 사건 이후 3개월이 지나 우여곡절 끝에 이루어졌다. 나의 어처구니없는 실수를 이해할 수 없다는 핑계로 그녀가 계속해서 약속을 미루었기 때문이다. 나는 내 예감대로 그날 메었던 오렌지색 넥타이를 다시 매며, 희망을 가져올 거라고 믿고 또 믿었다. 그녀와 만난 지 6개월 만에 결혼식을 올리고 한 집에서 살게 되었다. 나는 희망을 주었다고 믿었던 오렌지색 넥타이는 결혼 이후로 매지 않았다. 오렌지색이 의미하는 부유, 권위, 숭고함, 위엄 따위는 이제는 중요하지 않았기 때문이었다.

아내는 결혼 이후 내게 넥타이를 매어주지 않았다. 아내는 내가 넥타이를 잘 맨다는 핑계로 도움의 필요성을 느끼지 못했던 것 같았고, 어머니가 나에게 가르쳐준 넥타이 매는 법을 바꾸고 싶지 않았을 것이다. 아침에 출근하면서 가끔 넥타이를 매어달라고 할 때마다, 어린애들 때문에 바쁜 척하면서 딴청을 부렸던 아내였다. 그런 아내를 보면서 한편으로는 섭섭했다. 시간이 흐르면서 그녀의 그러한 행동에 무덤덤해지기 시작했다. 매일 늦게 퇴근하는 남편을 기다리며, 그녀는 예전 같지 않게 조금씩 변해가고 있었다. 나 역시 그런 아내의 태도에 점점 익숙해져 가고 있었다.

아내는 결혼 후 곧 아이를 가지면서 다니던 직장을 그만두었다. 그녀가 아이의 양육을 위해서 자신의 인생을 포기하는 것이 안쓰러웠다. 그동안 직장 생활에 조금씩 염증을 느끼고 있었기에 미련 없이 그만둔 것이다. 둘째가 태어나면서 얼마 동안 그녀는 정신없이 아이들의 뒷바라지를 하면서 많은 시간을 보냈다. 아이들도 아내에게 보답이라도 하듯이 아무 탈 없이 커가고 있었다. 나는 그런 아내를 보면서 더욱 회사생활에 전념을 할 수 있었다. 그러던 어느 날, 아내가 내게서 멀어져 가고 있다는 것을 직감했다.

"요즈음 당신 무슨 생각을 하는지 나에게는 관심이 없는 것 같네."

집에 일찍 들어오는 날에도 그녀는 아이들 핑계를 대면서 잠자리를 멀리하고 있었다.

"내가 당신에게 무슨 관심을 가져야죠?"

갑자기 꺼낸 말에 아내는 시큰둥한 반응을 보였다.

"당신이 나에게 점점 멀어지는 느낌이 드는데……."

권태기의 부부가 할 수 있는 유일한 관심을 말하고 있었다. 아내는 잠시 나를 쳐다보더니, 그동안 참았던 이야기를 쏟아냈다.

"사랑의 비극은 무관심이라는 말 모르세요?"

사랑! 비극! 무관심! 머릿속에서 세 단어가 빙빙 돌면서 그들의 상관관계를 생각하고 있었다. 내가 아내에게 무엇을 잘못했는지 곰곰이 생각해 봤다. 그리고 등을 돌렸다.

"당신이 먼저 말 꺼내놓고 등 돌리면 어떻게 해요?"

아내는 더욱더 거칠게 나를 파고들었다.

"당신이 이야기한 사랑의 무관심은 너무 심한 말 같은데……."

부부가 살아가면서 비극적인 상황이 벌어질 수도 있고, 사랑이 식어 갈 수는 있어도 그것이 무관심을 유발한다고 생각하지는 않았다. 아내가 넥타이를 매어주지 않는 것이 적어도 그녀가 나에게 무관심하기 때문은 아니라고 생각했다.

나는 아내와 그날 늦은 밤까지 입씨름했다. 부부가 할 수 없는 말이 있다는 것도 알았고, 내가 아내에게 무뚝뚝했다는 것도 알았다. 아내는 그동안 응어리진 가슴을 열면서, 내 품으로 다시 돌아왔다.

다음 날 출근할 때 아내는 나에게 넥타이를 매어주었다. 애들이 아빠, 엄마의 이상한 광경을 처음 보면서 즐거워했다. 목에 매인 넥타이처럼 아내의 존재가 내 몸에 한 부분을 차지한다는 것을 실감했다.

큰애가 직장 생활을 하면서 넥타이 매는 법이 어색했던지 나에게 매는 법을 가르쳐달라고 했다. 내가 회사 첫 출근 날에 어머니가 매주던 쉬운 방법을 알려 주었다. 그 광경을 보고 있던 아내가 한마디 했다.

"당신 어머니가 처음에 가르쳐준 방법은 이제 보기 싫어요!"

내 넥타이 맨 방법이 보기가 싫은 건지 아니면 어머니가 가르쳐준 넥타이 매는 법이 싫은 건지 알 수는 없었지만, 그녀도 아들에게 직접 매어주고 싶다는 생각을 한 것 같았다. 아내는 내 손을 뿌리치더니, 큰애의 넥타이를 '윈저노트(windsor knot)' 스타일로 바꾸어주었다. 큰애는 어머니가 매어준 넥타이가 마음에 드는지 흐뭇한 표정을 지었다. 남자의 넥타이는 여자의 손끝에 달려야 비로소 멋이 난다는 것을 알았다. 큰애가 장가를 가면 분명히 아내에게 넥타이를 부탁할 것이고, 그의 아내는 넥타이 매는 법이 시어머니와 또 다른 스타일로 바뀔 것 같다는 생각이 들었다.

"애야! 너는 어머니가 매어준 넥타이 방식을 절대 바꾸지 마라."

내가 큰애한테 던진 말을 아내가 들으면서 흐뭇해했다. 하지만 아내는 그 말을 믿지는 않을 것이다.

둘째 딸애가 첫 아르바이트를 하면서 받은 돈으로 내게 넥타이를 선물했다. 그 넥타이는 내가 좋아하는 스트라이프였다. 남색 바탕에 빨간색이 아니라, 노란색 바탕에 흰색 스트라이프였다. 뭔가 익숙지 않은 색상이 마음에 들지를 않았다.

"아빠가 좋아하는 색이 아니구나."

나는 둘째에게 해야 할 말이 아니라는 것을 아는 데에는 얼마 걸리지 않았다. 딸애가 아빠의 넥타이를 사준다는 것이 얼마나 어려운 일이라는 것을 잘 알고 있었기 때문이었다.

"아빠! 살아가면서 변화가 필요한 것 아네요?"

변화! 갑자기 둘째에게 뒤통수를 맞은 느낌이 들었다. 그동안 애들에게 보인 아빠의 모습은 항상 같은 패턴에 같은 색상의 넥타이를 매는 나를 융통성 없는 사람으로 보았을 것이다. 스트라이프가 얼마나 어렵고 멋있는 패턴인 줄 모르는 것 같았다. 그런 나에게 단지 같은 넥타이를 맨다고 단조로움을 느꼈을 가족에게는 넥타이가 아니라, 바쁜 회사생활로 가정적이지 못했던 그런 가장으로 생각을 하고 있었을 것이다. 딸애가 요구하는 '변화'가 머릿속을 맴돌고 있었다.

아내는 옷을 고르면서 행복한 표정을 지었다. 내 시선은 그녀의 시선을 따라갔고, 그녀의 시선이 어디엔가 머물면서 내 눈을 봤다.

"당신한테 너무 잘 어울리네."

그녀의 얼굴에는 화색이 돌았다.

"당신도 정장 하나 살래요?"

그녀는 나에게 답례라도 하듯이 물어왔다.

"글쎄…… 필요한 게 떠오르지 않네."

다음이라는 말이 나오려는 순간 아내는 무엇을 살 것인지를 알았다는 듯이 외쳤다.

"넥타이 어때요?"

나는 갑자기 가슴이 멍해졌다. 이제는 넥타이가 필요하지 않았다.

"색깔은 남색 바탕에 빨간색의 스트라이프 있는 걸로."

첫 출근 때 어머니가 사주셨던 넥타이가 갑자기 생각이 났다.

"당신 넥타이 보면 거의 비슷해. 그런데 또 같은 패턴으로 사?"

아내가 지겹다는 듯이 다른 것으로 바꾸자고 했으나 쉽사리 난 그 패턴을 바꾸지 못했다. 그것은 내가 회사생활을 하면서 겪었던 나의 생활 방식으로 일종의 고착화 현상이었다. 아내는 그런 나를 이해하지 못할 것이다.

아침에 눈을 뜨자 지난밤 일들이 떠올랐다. 넥타이를 푼 것까지는 기억이 나는데, 그 이후로는 기억이 나지를 않는다. 그 순간! 이제는 넥타이를 매지 않아도 된다는 것을 알게 되었다.

태양이 벌써 중천에 떠 있는데, 내가 지금 무엇을 해야 할지, 아무런 생각도 나지를 않았다. 아침마다 일어나라고 아우성을 치던 아내의 인기척도 없었다. 답답한 마음에 창문을 열었다. 멀리 펼쳐져 보이는 산들이 파랗게 변해가고 있었다. 오늘은 그동안 쌓아놓았던 넥타이를 하나씩 정리해야 될 것 같다.

〈서평〉

인간의 내면과 삶의 본질을 탐구한 글을 만나다

정자연
(경기일보 문화부 기자)

서평

인간의 내면과 삶의 본질을 탐구한 글을 만나다

정자연
(경기일보 문화부 기자)

30여 년간 무역회사에서 근무했던 저자는 오대양 육대주에서 온몸으로 축적하고, 통찰력으로 꿰뚫어 본 그 각본 속 정치와 종교, 역사, 인권의 문제를 깊이 있게 다뤘다. 시대, 국가, 종교가 빚어낸 짜인 틀에서 생명력을 얻기 위해 처절하게 몸부림치는 인간의 삶이 소설로 등장한 기록물에 가깝다.

어느 여인, 어느 젊은이, 평범한 누군가가 맞닥뜨리는 사람의 이야기가 10편의 단편소설로 수록됐다. 삶은 누구에게나 공평하게 주어진다고 했지만, 저자가 목격한 개인의 삶은 시대, 국가, 종교가 만들어낸 거대한 각본 안에서 무력하다.

10편의 단편을 관통하는 하나의 주제는 인간의 내면세계다. 저자는 빠르게 변화하고, 소용돌이치는 시대에 자신만의 렌즈로 포착한 연약한 생명체에 주목하고, 소설로 담담하게 밝힌다. 그 근간에는 인간의 본질을 끊임없이 탐구한 저자의 통찰력과 시각, 자기반성이 자리한다.

소설집의 첫 문을 여는 「옴두르만의 여인들」은 이슬람교 안에서 살아가는 여인들의 삶과 고통을 자밀라라는 여성을 통해 들여다본다. 할례, 일부다처제, 남성적 질서 논리가 구축된 사회, 그 논리의 근간이 된 이슬람교의 경전 쿠란.

정작 자밀라는 한 번도 경험해본 적 없는 사회의 규율 속에서 억압된 여성의 희생양이 된다. 나일강 서쪽에서 불어오는 모래폭풍 캄신을 이곳 여성들의 마음에 비유하고, 나일강의 풍경을 소설에 치환한, 문학적 감성은 여성들의 삶을 더욱 처절하고 서릿발 치게 드러낸다.

「모스타르의 하얀 십자가」는 브랑코와 야스나라는 인물들을 통해 1995년 7월 세르비아계 민병대가 스레브레니차 주민들을 마구잡이로 학살한 사건을 들여다본다. 민족·종교가 다르다는 이유로 죽음을 정당화하고, 전쟁 속에서 희생당한 이들. 서러운 혼돈의 시대 속에서도 옳고 그름을 되물어 가며 생명력을 얻으려는 그들의 처절한 삶의 외침은 도리어 의연하다.

이집트와 러시아의 사회체제 속에서 저자가 그려낸 불안해하고, 흔들리는 인물들처럼 저자 역시 소용돌이치는 한국 사회에서 고민하고 되물으며, 고뇌한 방황이 묻어난다. 1970~1980년대 암담했던 한국의 정치, 이념의 대립을 친구를 통해 그려낸 「하얀 집」에서 그 흔적을 찾을 수 있다.

인간의 내면을 탐구한 글은 만남과 관계, 일상, 사랑을 노래하는 「솔로 탈출기」에서 그 묘미를 터트린다. 동시대의 인물이 살아가는 공간과 소소한 일상을 통해 삶의 본질을 일깨운다.

김창수 작가의 단편소설들의 주제는 각각 다르고, 때론 피를 토하듯 절규하지만, 우리가 잊고 있었던 삶의 조각을 뜻밖에 발견해줘 반갑고 정겹다. 황순원 소설가의 서정성과 순수함을 여전히 흠모하는 소년성이 연륜 깊은 글에 묻어나 더 오래도록 여운이 남는 듯하다.